我
· COGITO ·
思

文学经典的味觉指南

梅思繁 著

桂林

文学经典的味觉指南
WENXUE JINGDIAN DE WEIJUE ZHINAN

策　　划：我思工作室
责任编辑：张玉琴
特约组稿：王慧敏
封面设计：卿　松（八月之光）
内文制作：王璐怡

图书在版编目（CIP）数据

文学经典的味觉指南 / 梅思繁著. -- 桂林 ：广西师范大学出版社, 2022.8
（我思记忆）
ISBN 978-7-5598-5110-9

Ⅰ. ①文… Ⅱ. ①梅… Ⅲ. ①外国文学－文学评论－文集 Ⅳ. ①I106-53

中国版本图书馆 CIP 数据核字（2022）第 103006 号

广西师范大学出版社出版发行
（广西桂林市五里店路 9 号　邮政编码：541004
网址：http://www.bbtpress.com）
出版人：黄轩庄
全国新华书店经销
山东韵杰文化科技有限公司印刷
（山东省淄博市桓台县　邮政编码：256401）
开本：880 mm × 1 230 mm　1/32
印张：7　　字数：108 千字
2022 年 8 月第 1 版　　2022 年 8 月第 1 次印刷
定价：45.00 元

推荐序

舌尖上的文学经典

孔明珠

梅思繁少年起开始写作，早年我曾在《儿童文学》以及上海的《少女》《萌芽》《少年文艺》等杂志上读到过她调皮机灵的文章。思繁于上海戏剧学院本科毕业后去法国索邦大学深造，并留在巴黎生活，专事写作与翻译。七八年前我在《小说界》上读到她将世界文学经典与美食相结合的专栏时，非常惊艳。基于优秀深厚的文学修养，思繁无论写文学评论，还是描绘生活中的凡人小事，乃至介绍食物的烹调方法，都驾驭自如。她别开生面地以食物为引子，穿梭在福楼拜的长篇小说《包法利夫人》、莫泊桑短篇小说《羊脂球》等名著中，夹叙夹议，停驻跳脱，以犀利的解读、浪漫的趣味、幽默的文字，演绎了一出出人间悲喜剧。尤令我惊喜的，是食物在那些悲喜剧中的画龙点睛之妙。

也许很多读者与我一样，阅读文字时的感官比观看图像时更敏锐，当读到小说、散文中的美食，人的嗅觉与味觉立即像雷达一般启动，三维立体的食物仿佛蹦跶到眼前，鼻尖有香，口腔泛鲜。有一阵子我此功能超常发挥，人稍稍定神，鼻孔到口腔那一段就有一股松茸的味道流窜，原来是尚未吃到当季松茸，却已读到很多有关的文字，惦念得慌。

读梅思繁《文学经典的味觉指南》时，这样的体验频频来袭，比如《包法利夫人与洋葱汤人生》中，思繁讲在小酒馆看一位嘴唇上留着福楼拜式胡子的卖肉男人喝滚烫的洋葱汤时；《被吞噬的盛宴与女人》中，她描写坐在一堆饿极了的贵族中间，性感尤物“羊脂球”从篮子里拿出烟熏猪舌、肥肝酱时。尤其到了《浪漫忧郁的轻骑兵》那篇，思繁讲述法国作家安托瓦·布隆丹《冬天的猴子》一书中，诺曼底海边小城家庭旅馆里两个寂寞男人相遇的故事，其中一个颓唐的巴黎年轻人，为了惺惺相惜的友谊，决定做一道“白酒小牛肉卷”来抚慰对方。也许思繁特别倾心这道法国菜，她耐心又熟稔地描写那迷人的烹调过程：

> 他把橄榄一个个去掉核，切碎后包入已经垫上了巴约纳火腿、又抹上鹅肝酱的轻薄小牛肉片里，那粉嫩的肌肉被推动着，从这一头滚动到那一头，再用细绳轻巧地把肉卷扎成型。锅里滑腻的牛油包裹着洋葱和咸肉，在一种令人眩晕的香气里明澄

> 地舞动着。他娴熟地放进小牛肉卷，两面大火煎得金黄，小火稍焖片刻，慷慨地倒一杯白葡萄酒，扔几片黑松露进去，外加一大把切碎的洋菇进去调汁收尾……

《文学经典的味觉指南》是一本思想性、可读性、实用性结合得非常得体、完美的散文集，似乎也只有思繁能够想出这么别致的角度，发挥她法国文学与比较文学专业所长，细细研读文学名著（法语、意大利语原文）后撰写出十五篇故事含义深刻、人物形象独特、叙述语言灵动的阅读笔记。更令人感动的是，这位热爱美食、会动手制作正宗法餐的中国姑娘，在每篇文章末尾，热切地与读者一一分享篇中最诱人的食物的制作方法。当她用汉语时不时演绎一段抑扬顿挫的法式长句时，我们感受到文字在舌尖蹦跶的优美节奏，品味到书中营造的犹如法国尼斯海水那般纯净、通透的色彩与意境。

思繁定居法国巴黎，她在异乡写作、翻译，硕果累累，她说，“写作是我的职业与激情，阅读是我日常生活习惯的一部分”。而同时，她还享受健身、潜水的痛与快乐；她旅行、摄影、记录，她做法餐、甜品与爱人共享。这样的状态，几乎可算是人生最高境界了吧。

法式脆先生，制作者：doushabunbun（小红书号）

目录 contents

洋葱汤，制作者：doushabunbun（小红书号）

包法利夫人

与

洋葱汤人生

福楼拜

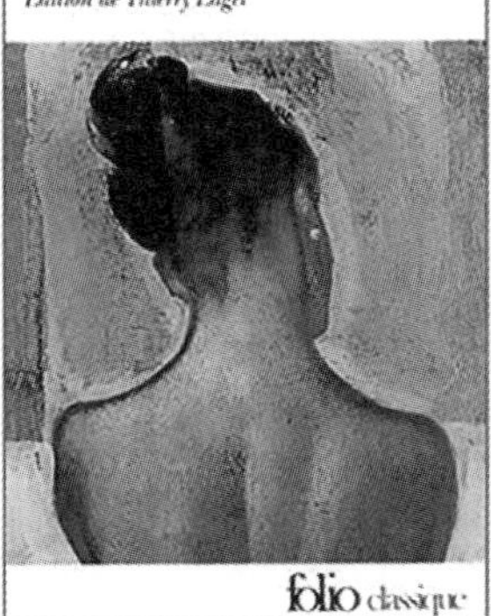

《包法利夫人》法文版封面

> 结婚以前，她以为她是爱着的；可是这种爱应该带给她的幸福，却没有如期而至地到来。她一定是弄错了，她心想。爱玛试图弄明白，“幸福”“激情”“陶醉”，这些在书里显得如此美好的词汇，在生活中到底意味着什么。
>
> ——《包法利夫人》[1]

从家门口沿着雨果大街向东走一百米，有一家小酒馆。酒馆里早上卖咖啡和羊角包，中午供应简易套餐。柜台上陈列着各种彩票、当天各大报纸和地铁公车票。每天早上七点多，清洁工，超市里的搬运工，各大工地上的水电工、木匠，一个个走进这家灯光昏暗的酒馆。要一杯浓缩咖啡，配一个烤得有点发硬，没有牛油香味的羊角面包，开始躁动又浑浊的新一天。

我中午去小酒馆买报纸的时候，常常看见旁边超

1 《包法利夫人》（*Madame Bovary : Mœurs de province*），法国作家居斯塔夫·福楼拜出版于1857年的小说。本文中所有法语原文翻译均出自本书作者之手，使用版本为：Gustave Flaubert, *Madame Bovary: Mœurs de Province*, Edition présentée, établie et annotée par Thierry Laget, Paris, Gallimard, 2001。

市里卖肉的男人，坐在窗边喝着滚热的洋葱汤。卖肉的身材敦实却也算不上肥硕，永远红润发亮的双颊透露着乐观无忧的性情。男人鼻子下留着棕色的微微上翘冗长绵延的老式胡子。他总是点同样的7.5欧元套餐，头盘洋葱汤，主菜乳酪煎蛋，甜点巧克力慕斯。他喝汤时专注认真的表情，让站在旁边的我很是着迷。男人把免费的长棍面包撕成一小块一小块，拿一块扔进汤里，用勺子把吸满了汤汁的面包连带着汤盛起，然后“咕噜”一声吸进嘴里。嘴唇上福楼拜式的胡子，让人第一眼看上去，以为是个条件优越的布尔乔亚。可是他对洋葱汤的迷恋和不厌其烦，却暗示着他底层劳动者的身份与职业。

洋葱汤在欧洲大陆的普及和流行，可以追溯到古罗马时期。因为洋葱的生长对气候条件要求较低，种植技术也相对简单，所以历来就是高产量的廉价蔬菜。把不值钱的洋葱切碎，和隔夜老面包一起扔进锅里，炖熟以后再撒上些乳酪，就变成农民们用来填饱肚子的食物。汤里面因为加入了面包，显得越发浓稠厚重。一大碗浓汤下肚，即使是饥肠辘辘干体力活的人，也多少觉得这汤水扎实饱满，让后面既无肉也无鱼的饭菜显得不那么寡淡。

对如今的法国农民、体力劳动者来说，有鱼有肉的正餐早已不算是什么梦想。然而洋葱汤依旧在城市底层阶级和乡村中甚是流行，因为它平价快捷，毫无矫饰，瞬间就能填饱人的肚子。卖肉的眼前的这碗黄色汤水，既不绚丽梦幻，更没有华彩浪漫。他一口一口咽下的，是实在与平淡。汤汁虽然甜美，却终归不至于跌宕起伏，也不会让人有心神荡漾的味觉体验。

不是所有人都会像长胡子红脸男人一样，安然地坐在渗着油腻的小酒馆的桌子前，不高不低，不偏不倚，心满意足地吃着平淡无奇的浓汤。

福楼拜的小说《包法利夫人》里，有一幕以洋葱汤为背景，铺展主人公爱玛和她丈夫夏尔晚餐的场景。

这顿以洋葱汤为头盘的晚餐，发生在爱玛和夏尔从安德维烈侯爵举办的盛大宴会归来后，包法利家阴冷潮湿的厨房里。爱玛回到家，因为女佣没有准备好晚餐而大发雷霆。女佣于是在哭哭啼啼中，做了一顿洋葱汤加炖小牛肉的晚饭。经历了整整一天一夜的喧哗繁闹，包法利先生对终于回到了自己家中感到如释重负。晚餐用罢，夏尔拿出他在回家路上捡到的两根雪茄烟，模仿着上层社交圈里穿礼服戴领结的子爵男爵们抽起了雪茄。可是夏尔是不会抽烟的。他被浓烈的雪茄熏得面红耳赤，吸一口呛两下，咳嗽连连狼狈不堪。雪茄烟非但未令夏尔看起来像与爱玛共舞的那位子爵一般风度翩翩、优雅性感，反而将其乡村小医生粗鄙笨拙的本真面目暴露无遗。这顿由洋葱汤揭幕的晚饭，最终以“爱玛一把抓起放雪茄的盒子，重重地往大橱深处扔去”而收尾。

不会抽雪茄烟的夏尔，让爱玛看到，她嫁的男人，非但不是男爵子爵，更永远不会拥有贵族的气质与教养。他吸不了雪茄，也不会穿着闪亮的皮靴，恣意地在高大的马匹上驰骋。而桌上那碗洋葱汤，则多少向她宣告着，她生于农民之家，住简陋倒也舒适的房子，吃粗糙倒也饱腹的饭菜，过小镇平淡如水的生活，是命运早就为她预备好的，属于她的平常岁月。

可是包法利夫人爱玛，她既痛恨洋葱汤，也就自然要想方设法竭尽全力将“平淡、平凡、平庸”这些字眼，彻底地从她的生活中抹去。爱玛寻找的，是在华丽殿堂中飞扬的梦幻人生。她年轻绚丽的生命里，应该写满了爱的激情与动荡。她等待她的婚姻生活如同车水马龙的圣日耳曼大街一般令人振奋又神往，结果终日面对的，却是如同小镇街景似的，单调贫乏淡然无味的琐碎风景。《保尔和薇吉尼》[1]里，赤着双脚在沙滩上，向薇吉尼飞奔而来的温柔保尔在哪里？一

---

1 《保尔和薇吉尼》（*Paul et Virginie*）是法国作家皮尔丹纳·德·圣皮埃尔（Bernardin de Saint-Pierre）写于1787年的小说。在《包法利夫人》中，是女主角爱玛最喜爱的小说之一。

本又一本小说里描写的流光溢彩，闪着银器光泽，充斥着女人们优雅香水气味的舞会又在哪里？青春美好如她，为何现实给予她的，只有这一碗黄色汤水，和一个在岁月流逝中，身形逐渐变得粗圆，喝汤的时候还会发出“咕噜咕噜”声音的男人？

小说里用到的那些词汇，比如“醉人的幸福”“激情”“陶醉”，她在安德维烈侯爵举办的舞会中，第一次真正地被包裹在其中。青草环绕下的意大利城堡，餐桌边女士柔软衣衫的芬芳混合着松露阳刚的气味，盘子里巨大的红色龙虾，细长高脚杯里晃动的清洌香槟……爱玛盘起的发髻上，插着一朵新鲜玫瑰，娇羞地微微颤动着。被明黄色长裙裹着的身体，在人群与炙热的空气中，显得有点不知所措，又有点蠢蠢欲动。无名子爵拉着她的手，滑着华尔兹的舞步，从长廊的这一端旋转到大厅的那一头。晕眩中，眼前的灯光，交错的眼神，温热的呼吸，一切都令她坠入灵魂深处期盼已久的愉悦与满足中。爱玛旋转的身体里此时燃烧着的，是她追寻已久的一个梦。

她在这梦中沉迷翻滚时早已经忘记，自己曾经是一个喝着洋葱汤长大，脚下鸡鸭成群的乡间农妇。

爱玛的父亲鲁奥是当地一个颇有积蓄的农民。包法利夫人从小在父亲的农庄里长大，眼前的景致是四处乱跑的母鸡，温顺的马和飞扬在窗户外的蜜蜂。因为田里的作物收成丰厚，鸡鸭也算长得肥硕，加上儿子早逝，爱玛是家里唯一的小孩，于是农民鲁奥学着布尔乔亚们的样子，把十几岁的女儿送进修道院接受“小姐”式的教育。就这样，爱玛这个普通乡村农妇也学着贵族小姐们的样子，画素描，弹钢琴，读沃尔特·司各特的小说。修道院的生活赐予了爱玛一件不同于大多数村妇的华丽外衣。她的谈吐姿态，没有了父亲鲁奥的粗蠢愚笨。她拿起针线做女红时的纤细娇矜，也完全能以假乱真地让人以为眼前坐着的就是哪家的名门闺秀。短短几年“小姐”式的教育，为她打开了一道微小的，窥视得到上流社会华贵精致生活的门缝，让她从此向往的不再是乡间野风与潺潺溪水，而是巴黎剧院里的人头攒动，卢森堡公园里的悠然漫步，和生命中那不经意又摄人心魄的不期而遇。她不知道的是，从那门缝里瞥见的一切风景，要么只是表象，要么是海市蜃楼般的幻景。

于是她学着小说里的女主角们的样子，把额头贴在玻璃窗上，若有所思眼神忧郁地凝视着窗户外的风景。只是窗外那一片，既非摇曳着诗意的芦苇，也不是满墙忧郁的爬山虎，而是一片被掀翻在地的粗豆角。于是她学着小姐们的样子，矜持娇羞地弯下柔软的腰肢，替与自己初遇的乡村医生捡起他掉在地上的物品。

只是她白嫩双手捡起的，不是散发着男人气味的手帕，而是一条用来当马鞭的牛筋。

粗豆角、牛筋和洋葱汤是属于爱玛的现实。对一个学会了画画、弹琴、女红的农妇来说，这乏味、乡野、粗糙的现实是有些“残忍”的。夏尔这个乡村小医生，能给予爱玛的，就只有洋葱汤一般的实在和温暖。他才智平庸毫无野心，既听不懂歌剧也读不来诗歌。他每天清早出门，为人看病开药，在农民们开的旅社里吃上些煎蛋，晚上能带回家摆上桌的，是洋葱汤粗面包和炖牛肉。可是爱玛等待的，是侯爵餐桌上的芦笋鹌鹑和菠萝。

“她迷恋大海只为那浪花翻滚波涛汹涌的一刻，她喜爱青葱只有当它们零星散落在荒凉废墟中时……”[1]夏尔对她来说，如同一路往前的平行大道，一眼望到底，既无变化，更没有惊喜、梦幻和刺激。

于是她又学着小说里的女人们，滑入偷情与出轨的情节中，企图在谎言、欺骗和偷偷摸摸的情欲爱恋里，找到那能够令她灵魂舒展如沐春风一般的汹涌海浪。

年轻的公证师学员雷昂到底年轻腼腆，缺少经验。爱玛与他虽然互生好感，但最终也只是暧昧相望，惺

---

1 《包法利夫人》第一部分，第六章，第 86 页。

惺相惜。而阅人无数的鲁道尔夫，不但拥有看似贵族的生活方式和外表，更对爱玛这样拥有布尔乔亚浪漫梦想的女人的渴求希冀了如指掌。他拥有自己的城堡，热衷于骑马打猎，长得更是英俊高大。与爱玛的天真痴傻不同的是，鲁道尔夫在开始追求包法利夫人前，早已经想好，将来如何把这个女人甩手打发掉。已经预先设想好结局的男人，于是认真地投入爱情游戏中。他的步步为营不但让自己轻而易举地达到了目的，更令爱玛神魂颠倒，以为她找到了今生注定的灵魂归宿。

爱玛·包法利终于拥有了一个情人，终于走进了曾经绝望般渴求的激情、快感与幻想中。夜晚花园长凳上与情人并肩而坐，她的头轻靠在他的肩膀上，唇齿间倾吐着痴缠爱语；清晨踏着露水，她像一只小鹿一样地奔向爱人的城堡，清新如山花般出现在他的床前……她既无担忧也无恐惧地将生命与热情燃烧消耗在这场妖艳又虚假的爱情中，现实和那碗洋葱汤变成了倒映在墙上的一片阴影，她既看不见也就无心顾及，全然将其抛在身后。

从最初为了遮掩自己的出轨而对夏尔不得已的欺骗，到谎言渐渐地变成一种习惯、偏执和需要，偷情带给她难以形容的快感与刺激。好像在编造那一个又一个的谎话时，她同时也在抒写她的理想人生，证明她的存在同样充满传奇与色彩。她既然是如小说中那般似梦似幻的女人，经历着司各特笔下露琪亚与爱德加[1]撕心裂肺般的爱情，她的裙子、围巾、手套、花瓶、手提箱，一切的摆设当然也应该充满了审美和品位，才好配得上荡气回肠的爱情故事。她背着夏尔借债，一张期票到期再签一张，所有的期票都到期了，她就抵押家具房产……

当爱玛以为她正像一只燕子一样轻盈舒展，陶醉地飞翔在她幻想的天空中时，她没有想到眼前的这片海市蜃楼，在某个时刻终将忽然消失隐灭，等待她的是烂泥一般的现实。

鲁道尔夫像扔一块抹布一样，将她抛在阴暗潮湿的角落里。早已没有了昔日腼腆神色的雷昂，让她所有的等待都坠入尘土。一张张无法偿还的期票，三千法郎，五千法郎，国家税务官的来访正式宣告包法利夫人的破产。

昔日墙上的那一抹阴影，瞬间变成了有身有形的现实。反倒是她，此刻变成了一个渺小的影子。这现实里既无《保尔和薇吉尼》的温柔甜美，也没有《拉

---

1 《拉美莫尔的新娘》（*The Bride Of Lammermoor*）是苏格兰历史小说家沃尔特·司各特（Walter Scott）发表于1819年的小说。后由意大利歌剧作家多尼采蒂（Domenico Gaetano Maria Donizetti）改编为歌剧《拉美莫尔的露琪亚》。《包法利夫人》第二部分第十五章中，包法利夫妇在剧院观看《拉美莫尔的露琪亚》时，与雷昂偶遇。

美莫尔的新娘》中的高贵与悲壮。有的只是堆积如山的债款，一无所知的夏尔，和一碗一成不变的洋葱汤。

既然生时终归无法绚烂如玫瑰，那么逝去的那一刻一定要饱含诗意，叫人心伤神碎。爱玛于是选择吞砷自尽，也就是人们常说的服砒霜。她以为，火热的身体会在瞬间变得冰冷，好像圣女般平和纯净地躺在床上，忧郁却美好地离开这污泥一般的现实。她不知道因砒霜中毒而死亡，绝非一时三刻能了结的事情。剧烈的疼痛让她曾经娇嫩的脸变得狰狞，粪便一般的呕吐物从昔日鲜艳的双唇中喷涌而出，可怖的缺氧与痉挛让她昨日依然白皙饱满的双臂如死尸一般干枯发青。

当她终于像疯子一样在癫狂中死去的那一刻，人生最后一个华丽绮梦，也虚无地散落在那一碗汤水中了。

守灵之夜，夏尔被她恐怖的尸体吓得魂飞魄散。神父与药剂师郝麦坐在她的尸体边，带着清闲聊着家常，吃着面包佐着奶酪。

几个月以后，包法利先生坐在花园里的长凳上，被茉莉花香与满心忧郁侵袭着，悄悄地死了。爱玛的女儿被送进棉花加工厂，赚钱糊口。鲁道尔夫英俊如旧，骑马打猎，谈情说爱。没有医生文凭的药剂师郝麦，顶替了包法利先生，如愿以偿地当上了镇上的医生。即将成为公证师的雷昂，娶了一位富家小姐。小镇上的那条河流依旧一天天，平缓地流淌着……

据说福楼拜曾经对一位亲密友人吐露道：“包法利夫人就是我！她源于我！”其实，我们中间又有哪一个不是爱玛？满心陶醉，认真执着，追逐着一片虚无与空荡。

不变的，只有餐桌上那碗不起眼的洋葱汤。

那天我站在雨果大街的小酒馆外，手上拿着报纸，隔着玻璃窗看着咽下最后一口洋葱汤的长胡子红脸男人。他用面包块把碗里的汤汁刮干净，然后放进嘴里，边满足地嚼着面包，边等着后面的乳酪煎蛋。

洋葱汤，制作者：doushabunbun（小红书号）

现代版乡村洋葱汤
（4 人份）

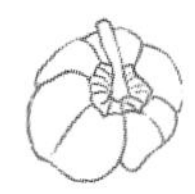

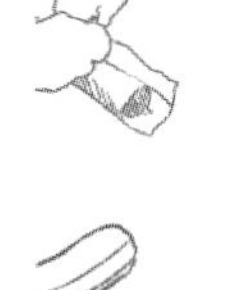
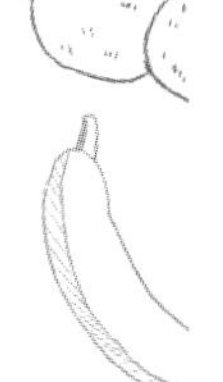

洋葱 750 克切碎，牛油 3 汤勺，面粉 25 克，鸡汤或者蔬菜高汤 1 升，乡村面包 6 块，格鲁耶尔芝士 200 克切细条，盐、胡椒适量。

1. 取一个炒锅烧热，放入牛油，中火翻炒洋葱。当洋葱开始变色时，加入面粉搅拌翻炒，然后倒入鸡汤。盖上锅盖中火煮 25 分钟左右，这期间要不时搅拌。用少量盐、胡椒调味。

2. 烤箱预热 200 摄氏度。乡村面包放进面包机里烘 2 分钟左右，拿出后每块面包一切三。取 4 个西式浓汤专用的小汤盅，在盅底下摆上 1/3 块面包，淋上一大勺洋葱汤，摆上芝士条。每盅汤重复一次此过程。

3. 把汤盅放入预热好的烤箱，200 摄氏度烤到表面结起一层金黄的芝士，趁热食用。

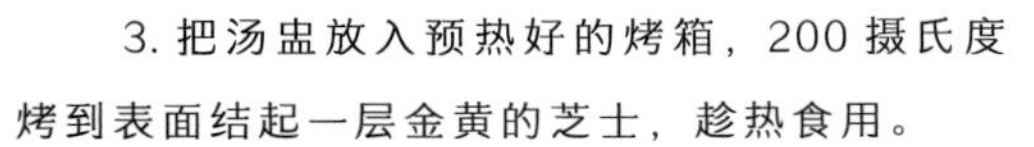

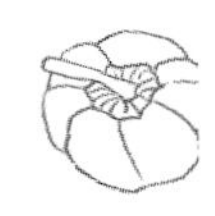

洗衣店里
一整晚的
盛宴

左拉

4€
Zola
L'Assommoir
Édition de Jacques Dubois
classiques
Le Livre de Poche

《小酒店》法文版封面

死亡是一点一点，一小块一小块地，将她慢慢拖到存在尽头的。虽然人们从来都不知道她究竟死于什么，有着这样那样的说法。事实上，她死于一生中各种不堪的苦难，龌龊，以及疲惫不堪。……某天早上，人们发觉走道里臭不可闻，大家才想起已经两天没有见她的人影了；她在自己的窝里，死了已经有些时日了。

——《小酒店》[1]

在这个温凉适宜、夕阳斜挂、晚风柔和的傍晚，我想和你们一起沿着蒙马特高地一路向东地闲散逛去。冗长绵延狭窄局促的石板路散发着阴湿的淡淡腥气，微型的水果店和简陋的食品烟纸店前，三三两两散落着拉家常的男人女人。如潮水般涌动的游客，被狭小街道卡住了庞大身躯的货运车，不时打碎着街区中寂寞慵懒的平静。微微喘着爬过陡直的坡路，再踩

1 《小酒店》（*L'Assommoir*）是左拉1876年发表的小说，成为其《卢贡-马卡尔家族》系列的第七本。本文参考使用Jacques Dubois作序及注释的法语版本：*L'Assommoir*, Paris, Le Livre de Poche, 1971。

着叫人脚底发热的鹅卵石路疾行下来，就到了我们的目的地金滴子街。它之所以叫作“金滴子街”，据说是因为这片土地在古时候酿出的白葡萄酒，色泽明亮金黄。也正是这些金色的水滴，抚摸舒缓着无数曾经住在此地的工人疲惫的身体，迷醉着他们贫乏空虚的灵魂，一滴一滴侵蚀腐烂着原本鲜活健康的血液。

绮尔维丝就穿着白色的衬衣，任由微风吹拂着她散落下的零碎金发，满足地微笑着站在自己漆成天蓝色的洗衣店的门槛前，向着过往邻里点头示意。她敦实丰满的身体，圆润白皙的脸庞，被一种作为老板娘和店主的虚荣与骄傲，膨胀得越发肥硕馥郁。在金滴子街的众多晦暗商铺中，她的洗衣店是外表看上去最新最考究的。天空色调的外墙，明澈的橱窗，蔚蓝的墙纸，廉价薄布做成的窗帘，一切都与绮尔维丝的笑容一样透露着对未来懒洋洋的憧憬，叫人全然忘记现实中老板娘在懒惰与食欲中的沉沦，以及丈夫古波对金色水滴的迷恋依赖。

你们或许已经猜到，我们沿着金滴子街的散步正是受了一个长着山羊胡子、戴着旧式眼镜，名字叫作爱弥尔·左拉的老头儿的邀请。这个和你我一样热爱美酒美食，擅长把食物美妙的气息和滋味转变成文字的老头儿，要我与你们一起，去看一看一场在金滴子街绮尔维丝的洗衣店里举行的宴会。

粗糙简陋的木头桌子前十四个人围坐着，意大利面疙瘩汤、杂菜炖牛肉、奶油小牛肉、猪肉烩土豆、咸肉炒豌豆、炭火烤全鹅、罗马生菜沙拉、白乳酪草莓萨瓦蛋糕，一样接着一样地被宾客油光闪亮的嘴巴吞嚼撕咬着，然后同红色的葡萄酒汁液一起，流淌沉入他们不停地继续索要着的、肥硕沉重的脾胃。食物的肥腻气味混合着人嘴里飘出的微微发酸的酒精气，夹杂着不时冒出的饱嗝的恶臭，在此起彼伏的粗鄙谈话与下流玩笑的衬托下，属于底层人的味道在洗衣店中升腾环绕。

绮尔维丝和她那个年代的工人们有着大同小异的命运。她虽然天生长着一条瘸腿，可白净红润的脸孔，飘散细腻的金发，丰满凸出的胸脯，倒也让这个二十多岁的洗衣女工有几分让人想多看几眼的可人姿色。她从小看着当工人的父亲深陷在懒惰与宿醉的泥潭中，酒精和懒散于是本能地变成两样令她避之不及的魔鬼。十几岁跟着情人朗蒂埃从普罗旺斯出走到巴黎，两个小孩变成了城市庞大工人群体中的渺小一分子。赚得到钱的时候全数吃完花光，平日陷在肮脏陈旧的小旅馆里亲嘴打架养小孩。等朗蒂埃厌烦了单调重复的穷白日子，男人也就全无牵挂地离开了做洗衣工的女人和年幼的儿子。

带着两个小孩的绮尔维丝和修葺屋顶的工人古波结婚了。那时的古波既不喝酒，又每天准时上工干活，他也不嫌弃绮尔维丝有过小孩。这个穿着脏兮兮蓝色卡其布工作服的不怎么好看的老实男人，看起来好像是洗衣女工所向往的理想伴侣。她的要求很简单，只要每天吃得饱肚皮，有个可以睡觉的干净地方，干一份稳定的活，把小孩带大，最好还不要挨男人的打，她就很满足了。

这对街区中的模范夫妻的日子平淡无奇地流逝着。男人从来不喝酒，每天照例带回自己赚的十几块钱，唯一的嗜好是晚上睡觉前站在窗台边抽上几口水烟。女人一天十二小时地在福克尼耶女士的洗衣店里干活，照料全家三餐饮食。苦干了七年以后，两人带着三个小孩从贫民窟搬进了金滴子街的一间公寓，银行里拥有了整整六百法郎的存款。就在绮尔维丝梦想着租个店铺开家属于自己的洗衣店的时候，五月一个阳光明澄的午后，趴在屋顶上干活的古波像一只猫一样摔了下来，四肢软瘫地坠落在地。

绮尔维丝靠替人家洗内衣内裤衬衫手帕存起来的六百法郎像流水一样，没几个月就尽数消失在古波摔断的那条腿上。她继续一天十二小时地洗衣熨衣。男人虽然渐渐康复，却被病痛和早已疲倦的身体掳去了对酒精和懒惰的抵抗能力。他做半天工喝半天酒，或者索性整天泡在油腻昏暗的小酒店里吃酒度日。古波赚的钱越来越少，绮尔维丝只好越加勤苦地穿梭在各家洗衣店间卖力气糊口。不过她也不再是从前那个只求温饱的朴实女工了。她的体内生长起来的对丰盛考究食物的强烈欲望，像鸦片一样令她魂牵梦绕欲罢不能。她再也不费力气地去计算存钱，而是任由肚皮和唇齿间的欲念牵引左右她，流连在面包店、肉店、糖果店间，用朗姆蛋糕杏仁糖、小牛肉和兔子腿安抚着疲倦的身体和空乏的心灵。只有它们才能令她体味到那么点生活的温柔。它们的甜美丰盈给她污浊的日常岁月带来一抹玫瑰色调，让她在洗了一天发臭的衣衫长裤后，因为一杯放了两块糖的咖啡和一大把甜杏干，脸上又荡漾起满足和希望的微笑。

长久以来爱恋着绮尔维丝的铁匠古热，把他存着用来结婚的积蓄借给洗衣女工租店铺，开个属于她的洗衣店。绮尔维丝多年以来当老板娘的梦想终于实现了。她站在粉刷成天蓝色的店面前，不紧不慢的笑容中静静流淌着从一个女工变成布尔乔亚的骄傲与虚荣。抛弃她的朗蒂埃，鄙视她瘸腿穷困的古波姐姐，此刻统统幻灭成了飘散在空气中的灰尘。

成为老板娘的绮尔维丝于是决定在她的洗衣店里举行一场宴会，一场叫金滴子街区所有人艳羡惊叹的宴会。在拥有了自己的店面以后，绮尔维丝对食物表现出越发近乎病态的欲望。洗衣店赚来的稀少的钞票，古波用来喝酒，她则想出各种借口花销在甜咸脆软的吃食上。还有什么比宾客环绕的盛大宴会能更好地把自己淹没在美妙食物中呢？那些平常日子里无法呈现的食物堆积起来的慷慨，那种往日得不到满足的无须节制的原始咀嚼欲望，还有那笑容中日益膨胀的虚荣心，都将借着这场宴会得以实现。

她精心筛选着宾客名单，享受着从未体验过的作为主人的至高决定权。洗衣店的女工、以前的雇主、古热母子这些朋友自然在受邀请的名单上。可她还要请古波的姐姐洛里厄夫妇，她要叫这些看不起她的人在她的宴会和她的食物面前，像狗屎一样被她踩在脚下。一个又一个的下午，她和店里的女工们唾沫四溅地讨论着菜单的内容。烤鹅是第一个被所有人一致认可的主菜，这只有优越的布尔乔亚阶层才吃得起的庞大禽鸟，只要一想到它被烤得金黄香脆的外皮，所有人的嘴巴里立即口水盈盈。有个女工建议来一道兔肉当前菜，老板娘皱皱眉头嫌太过家常。也有人建议吃鱼，这次所有的工人一齐吐舌头：谁会喜欢吃鱼！这玩意儿浑身是刺，更何况它根本填不饱肚子。奶油炖小牛肉才合绮尔维丝的心意，肥嫩的小牛肉被裹在诺曼底鲜奶油里，入口那一刻是叫人浑身酥软的爽滑……

星期一晚上的宴会，绮尔维丝星期天下午就开始烹煮各种炖菜。家里的两个炉子统统被点亮还不够用，她又向邻居借来一个土灶头和巨大的炖锅。肥硕的猪肉被剁成粗块，伴随着春天的小洋葱和新土豆一起，在锅里和着汤汁欢唱着。小牛肉则躺在洁白醇厚的奶油的怀抱中，把自己勾人魂魄的香气散发到金滴子街的每个角落。洗衣店女老板系着围裙拿着木铲子站在炉灶前不时地搅拌着，圆白的脸庞被炉灶里上扬的热气吹得通红。街上的邻居们纷纷跟随着食物的气味走到天蓝色的店铺前，有的站在外面张望，有的找个借口进店去，就为了瞧一眼那锅灶里正在翻腾着的究竟是些什么。对食物的饥渴，如同动物般燥热的口腹之欲，又何止纠缠着绮尔维丝一个人。

终于到了那隆重盛大的一天。老板娘一个早上去买了三次宴会需要的食品和酒水。当她发现她连一分钱都拿不出来买酒的时候，她毅然把一条真丝裙子当掉，换回了一大桶的红酒。虽然日益肥硕的身体把那条瘸腿压得有点不堪重负，可她依然雀跃地捧着木桶小跑回家。今天是属于她的日子！那被炭火烤得金黄流油挺着肥硕胸肚的白鹅是属于她的骄傲！

下午五点，宾客陆续踏进了洗衣店的店堂。平时挂着的衬衫内衣，地上成堆发臭的工人服，此时统统被转移到了店堂后的房间内。被邀请的女工穿上了自己最考究的轻薄裙子，看门人博什夫妇每人带来了一盆花，古热捧着一株白色的玫瑰腼腆地走到绮尔维丝面前……老板娘一边感谢着所有人的小礼物，一边翻炒着锅里的咸肉豌豆。所有人都惊叹着烤鹅身上天然的油脂散发出的绝妙香气。它把整个洗衣店都包裹在一种舒适富足的空气中，令人觉得踏实安稳。所有的人都颂扬着绮尔维丝的慷慨善意。她笑盈盈地享受着食物带给她的尊严和安全感。

女主人先给宾客盛上意大利面疙瘩汤。面汤喝完，人们往肚子里灌着红酒，让那些面团在里面流得更顺畅。杂菜炖牛肉才刚被咽下，奶油小牛肉就已经被端上了桌子。女人们脱掉了身上的披肩，男人们卷起了衬衫的袖子，一切才刚刚开始进入正题。桌面上一片寂静，只听到勺子寻找小牛肉时碰撞玻璃碗发出的叮当声。那一张张不停张开的嘴，吸进一块小牛肉撕咬着，厚厚的面包块沾着浓稠的奶油汁被一起送入嘴里咀嚼吞咽。还来不及喘口气，就该轮到所有的刀叉一齐向猪肉烩土豆进攻了。那肥滑得像牛油一样的猪肉，那甜美得好似糖果一般的土豆，让所有人的眼睛都直勾勾地追随着它们的身影。酒杯的杯底不时触碰着台面，红色的汁液浇灌着众人的肠胃。咸肉豌豆好像女士们的零食，毫不费力地就被一勺又一勺地舀入嘴里。前菜用完，绮尔维丝郑重地从厨房里端出了烤鹅。它一被摆上桌，众人都带着一种吃惊的敬仰观赏着它。那金黄酥脆的外皮上流动着的闪亮的油水，那丰满肚子上露出的雪白肌肉，那肥硕的大腿根部浑圆饱满的曲线！烤鹅一被切成块，所有宾客就穷急地撕咬着它身上的每一部分，好像刚才那些小牛肉猪肉豌豆土豆早已经在体内消失，好像那散发着酒精的身体是一个看不到底的黑洞。如同圆球一样鼓起的绮尔维丝把手臂搁在桌子上，一声不响聚精会神地啃着一块硕大的鹅胸肉。女人们手拿着鹅的胸架骨，用牙齿拉扯着上面每一丝的皮肉；男人们凶狠地撕咬着鹅腿上圆润鼓起的那块紧致白肉。有人实在吃得太饱，为了排泄肚中的胀气，于是在餐桌边大声地放起了屁。十四个人沾满了油污的脸孔，红彤彤肥满肮脏得如同烤鹅的臀部，与一桌子的骨头和沾满了桌子盘子的口水相映生辉。

洗衣店里的这场宴会就在堆积如山的食物和流淌如泉水般的酒精中持续了整整一个晚上。

食物和酒精是绮尔维丝与她的宾客，以及那个年代千千万万的法国工人逃脱严酷的生存状态，寻求生理与精神慰藉的唯一手段。放任的食欲和酒精的迷醉似乎给他们打开了一扇温柔的门，让他们能暂时遗忘一天十二甚至十四个钟头跪在地上洗衣服、爬到房顶上铺瓦片给他们身体上带来的痛楚和疲惫。这扇门里好像隐藏着一群美艳的温蒂妮[1]，她们用媚惑的歌声和倾城的容颜消磨着人们的意志，再将他们永远地囚禁在其中。

绮尔维丝也曾经抵抗过，拒绝走入那扇门，拒绝陷入这个看不到尽头的黑洞。但是只需要命运中那么一个小小的偶然与不幸，依靠她的意志建立起来的一切在一夜之间就灰飞烟灭了。她在一瞬间发觉，她渴望的依靠双手吃饭、老实度日不挨男人打的理想生活，即使意念再坚强，或许也是难以拥有的。既然如此，为何不向身体里那些最原始的欲望让步低头呢？我们是无法责怪这个洗衣女工太过轻易就向命运低头的。在清甜的草莓蛋糕和浆果味浓郁的波尔多面前蠢蠢欲动，是你我和左拉以及世界上大部分的存在可爱的罪过，真实的人性。然而你我和左拉，我们有幸拥有一颗不那么贫瘠的心灵，咽下蛋糕、啜饮红酒之后，我们还是会想去打开一本书，去探索世界上隐藏着的某个神秘角落，去追寻某些空灵高远的梦想。但是绮尔维丝、古波们，他们千疮百孔的身体下拥有的是一颗空白荒芜的心灵。那里面既没有任何的灵光闪过，更不存在任何的浪漫追求。从少年时开始的一成不变的

---

1 温蒂妮是日耳曼以及法国阿尔萨斯地区神话中的水精灵，她们通常生活在水源充足的领域。相传温蒂妮虽然长着美好的女人身形，却并没有灵魂，必须与人类结合才会拥有思想与心智。

工人生活，令他们或许从来都没有跨出过自己熟悉的工人街区，也从来没有打开过一本书，窥探到除了干活温饱以外，或者还存在着另一个世界另一种生活。绮尔维丝唯一品尝过的人生的美好，只来自她穿梭在其中的面包店肉店糖果店。而古波生命中少有的温存如棉絮般的体验，也仅仅源于晦暗污浊隐藏在深巷中的小酒店。于是他们就像动物一样，盲目又别无选择地臣服于原始的欲望，被它牵引左右，被它吞噬毁灭着，慢慢地坠入深渊。

如果有一天你再次踏着斜阳漫步在蒙马特的金滴子街上，走在起伏坑洼的石子路上，请你记得死于酒精中毒癫狂症的古波，饿死在贫民窟过道里的绮尔维丝，以及他们那场盛大宴会中奶油小牛肉的芬芳、碳烤白鹅的璀璨。

也请你和我，在咽下每一口令肚皮愉悦舒畅的美味后，记得不停地去寻找那叫人灵魂颤抖的激荡。

奶油小牛肉
（6 人份）

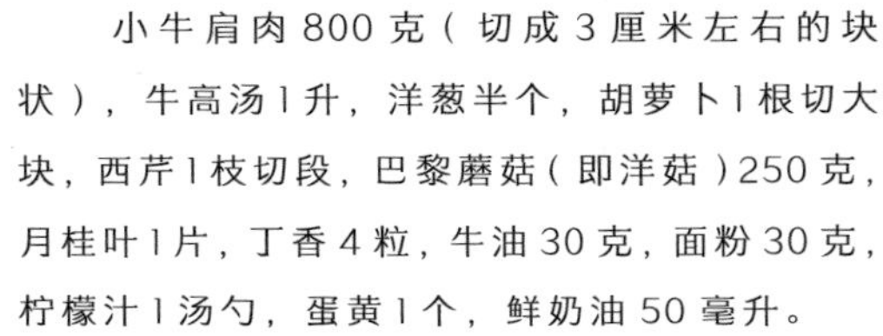

小牛肩肉 800 克（切成 3 厘米左右的块状），牛高汤 1 升，洋葱半个，胡萝卜 1 根切大块，西芹 1 枝切段，巴黎蘑菇（即洋菇）250 克，月桂叶 1 片，丁香 4 粒，牛油 30 克，面粉 30 克，柠檬汁 1 汤勺，蛋黄 1 个，鲜奶油 50 毫升。

1. 将小牛肉放入锅中，加入没过牛肉的水，煮开后倒掉水，取出牛肉块沥干备用。

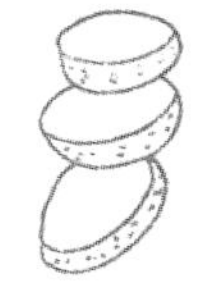

2. 把小牛肉重新放回锅内，加入丁香、月桂叶、所有的蔬菜块（洋菇除外）和牛高汤，煮开后小火炖 40—60 分钟，然后捞出牛肉放在一边保温备用。

3. 用一个小锅加入适量的水烧开，放入洋菇煮 3 分钟至其柔软，捞出备用。

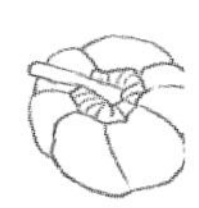

4. 另取一锅放入牛油，加入面粉中火炒 3 分钟令其呈金黄色，离火后一点一点地加入步骤 2 中煮过牛肉的汤汁，边加入边搅拌均匀。再加热至沸腾，不停搅拌，中小火煮 8 分钟至酱汁浓稠，调入柠檬汁，根据个人口味用盐和胡椒调味，边搅拌边加入蛋黄和奶油，最后倒入小牛肉、洋菇，略微加热即可享用。

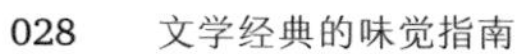

乔治·桑

与

马略卡的冬天

乔治·桑与肖邦

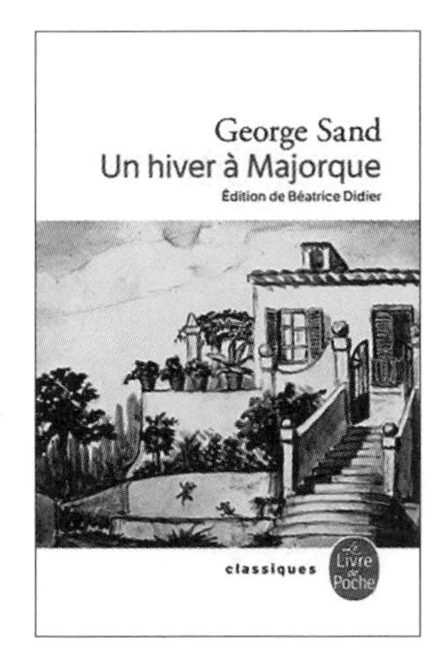

《马略卡的冬天》法文版封面

十二月初，柠檬树和香桃木上的花朵依然盛开着。我每天夜里坐在室外的露台上，一直到清晨五点，陷在怡人的气温中……尽管月色照耀下的景致清亮动人，尽管花朵的香气将我包裹在其中，我的夜却并非是激荡心神的。我坐在那里，全然不像一个寻找灵感的诗人，而只是在慵懒闲散中凝视与倾听……

——《马略卡的冬天》[1]

1838 年 11 月，巴黎深秋阴郁的云层下，湿冷寒风的吹拂中，一个孱弱苍白的男人，一个习惯穿着男装的女人，带着一架普雷耶牌钢琴[2]，成箱的书籍手稿

---

1 《马略卡的冬天》（*Un hiver à Majorque*）是法国 19 世纪女作家乔治 · 桑出版于 1842 年的一本散文游记。书中记录了乔治 · 桑与弗雷德里克 · 肖邦 1838—1839 年冬季在西班牙马略卡岛上的生活经历。本文所有原文翻译均出自本书作者之手，使用的法语原版为：George Sand, *Un hiver à Majorque*, Paris, Le Livre de Poche，1984。此段落引自原文第 60 页。

2 普雷耶牌（Pleyel）是 1807 年由依耶克 · 普雷耶创立的钢琴制造品牌，也是世界上最古老的钢琴品牌之一。普雷耶牌的钢琴因为得到众多艺术家，比如弗雷德里克 · 肖邦、卡米尔 · 圣桑、伊戈尔 · 斯特拉文斯基等的青睐而闻名世界。

和两个小孩，从巴黎向着南部的港口城市马赛出发了。他们将在马赛搭上一艘蒸汽船，驶向巴塞罗那。距离巴塞罗那大约两百公里的西班牙小岛马略卡是他们旅行的目的地。

这个忧郁消瘦的男人叫弗雷德里克·肖邦。他身边挽着他的手臂意气风发双眼晶亮的女人叫乔治·桑。他们一个因为每况愈下的健康问题，而不得不躲开巴黎寒冷的冬季；另一个在灵魂中时刻涌动着的如潮水般的创作激情的驱使下，寻找着那么一个孤独寂静的地方，好让她穿着睡衣握着钢笔，任凭墨水在纸间从早到晚地流淌。令巴黎大小沙龙的宾客侧目好奇的天才情侣，在一路漫长的马车颠簸和轮船摇摆晃动之后，踏上了温暖明媚的地中海异国小岛——马略卡。

和肖邦一起踏上马略卡的土地，在异乡的冬季对他悉心照料、不离不弃的桑，究竟是谁？她是一个舍弃女装穿着长裤行走世界的女人；她是一个一生使用“乔治·桑”这个男性笔名，书写了大量小说、戏剧、童话、文学评论的多产作家；她是一个在依然属于男人特权的时代，拥有自己的政治观点并投身社会主义运动的女性；她是在汇聚了巴黎社会最重要的文人作家的“马耶晚餐”[1]聚会中，和龚古尔兄弟、泰奥菲尔·戈蒂耶并肩同席，唯一被接纳的女作家；她与诗人和剧作家缪塞的激情岁月孕育了法语浪漫主义戏剧中最杰出的作品之一[2]，而她与肖邦的十载相守至今仍然让传记家们好奇探究；她生前被福楼拜敬称为“大师”，去世后令雨果向她“不死的灵魂”脱帽致敬。

这个穿着干练的全毛西裤，抽着香烟，名叫乔治·桑的女人，是19世纪绚烂得令人眩晕的法语文学里的一张独一无二的女性脸孔。她在书写中表达着对女性独立的追求与抗争；在一个又一个清新美好的田园故事里，铺展描绘着她理想中的浪漫共产主义社会；她虽然出身贵族，然而对“人民”的博爱，却是她一生的牵挂。这个集男性的宏大和女性的细腻于一身的桑，在1838—1839年和肖邦一起，来到了马略卡的巴尔德莫萨修道院，度过了一个特别的冬季。肖邦在

---

1 马耶餐厅1842年在今巴黎六区的马泽街（Rue Mazet）建成。1862年秋天，以作家和评论家夏尔-奥古斯丁·圣伯夫（Charles-Augustin Sainte-Beuve）为首的几位巴黎著名作家首次在此聚会。“马耶晚餐”的常客有福楼拜、龚古尔兄弟、戈蒂耶等。乔治·桑是在这些文人谈论文学、宗教、政治和各自香艳情史的晚宴上，唯一受邀请的女性。

2 缪塞和乔治·桑这段狂热动荡的感情，启发他在1833和1834年分别创作了两部杰出浪漫主义戏剧——《罗朗扎奇奥》（*Lorenzaccio*）和《爱情可不是件玩笑事》（*On ne badine pas avec l'amour*）。

那个冬天谱写了他的《24首钢琴前奏曲》中的几首重要篇章，而桑则留下了这本灵动多彩，饱满厚实却又引起了无数争议的《马略卡的冬天》。

如今距离巴黎只有两个多小时飞行时间的马略卡，在1838年的时候，几乎就是被摆放到了欧洲大陆的北非一角。初冬的帕尔马[1]气候温暖得如同巴黎的夏季，令桑在晚风与海浪声中每晚流连忘返，不愿睡去。地中海沿岸独特的明媚光线将它的四季包裹在其中，无论是天空还是草木，都在清透的光线下显出只有画笔才能勾勒出的闪亮色调。岛上成片的橙子树、扁桃树、橄榄树，让习惯了法国中部温带植被的桑，仿佛来到了地中海南岸的突尼斯。当地建筑里残留着的阿拉伯印记，叫旅行者们不禁联想到位于格拉纳达[2]的阿尔罕布拉宫。周日穿着传统希腊服饰上街赶集的女人们，肤色黝黑油亮，与桑的故乡贝里[3]那些肥白中透着红晕的村妇全然不同。和世界上每一个角落一

1　马略卡岛的主要港口城市。

2　格拉纳达（Granada）位于西班牙安达卢西亚地区的东南部，是中世纪时被穆斯林占领的利比亚半岛地区的首都。格拉纳达以其城中美轮美奂的伊斯兰清真寺、宫殿建筑群阿尔罕布拉宫而著名。

3　贝里（Berry），是法国旧制下位于中部的一个行省，也是法国最古老的传统农业地区，以田园乡村风光和高质量的农产品著称。乔治·桑的大量小说都将此地作为故事发生的背景。桑1876年在位于贝里的诺昂-维克（Nohant-Vic）去世以后，被安葬于此地。

样，马略卡拥有属于它自己的独一无二的声音。那是一种长时间的孤独的寂静，是远处若隐若现的重复的海浪翻滚，是母亲嘴里低吟着的阿拉伯情调的乡野儿歌……

在看过了阿尔卑斯山的松林和威尼斯细密的古老河道后[1]，被遗忘在茫茫地中海的马略卡，无疑是一个既适合肖邦的实际旅行能力（鉴于他糟糕的身体条件），又能满足桑寻找荒野和异国情调愿望的理想目的地。西班牙的马略卡岛位于欧洲大陆的最南部，与北非隔海相望，荒芜粗犷的地貌与植被，摩尔人和阿拉伯文化在此地留下的浓重印记，对当时的西欧旅行者充满了奇异多彩的异国吸引力。而且它虽然风格迥异，旅途过程又不至于像前往北非或者中东一般，艰苦漫长甚至危险重重；一个患肺结核的男人，一个穿长裤的女人和两个金发小孩，也能在颠簸中勉强承受。

马略卡之行，离开的意义是超过旅行本身的重要性的。原因很简单，我们当中，谁没有一些烦恼或者痛楚需要被暂时遗忘，

---

1 早在与肖邦相识前，乔治·桑已经是一个习惯长途旅行的作家。她在瑞士阿尔卑斯山地区的见闻多次出现在不同的文字中。1833 年她同缪塞一起前往意大利，在途中偶遇司汤达，而桑同缪塞此行的目的地则是威尼斯。

得到些慰藉呢？[1]

扔下日常岁月的琐碎暗淡和各种因为日复一日的习惯手势而堆积起来的沉重繁复，到一个气候怡人的玲珑小岛上，去寻找现实中不存在的理想世界，无疑是桑的马略卡之行的主要目的。在另一片土地、另一种文明中寻求平淡存在中难以兑现的纯粹彻底，在异国和原始中追寻贴近浪漫理念的人与社会形态，是乔治·桑一生的文学轨迹，也是那个年代无数和她相似的浪漫心灵的灵魂标记。

只是气味浓烈、色彩斑斓的马略卡，是否真的符合桑的想象和期待，热情如火又温柔似水，激情澎湃又清幽平缓？还是想象中的旅行，一旦被现实揭下了诗意迷幻的面纱，它也许辛辣得叫人涕泪并流，也许原始得令人措手不及？

十二月初迎接桑和肖邦的温暖阳光，没多久就被地中海冬季绵长阴湿的雨水代替了。除了雨水，等待他们的还有岛上西班牙人的冷淡与不友善。与乔治·桑想象中的截然相反，马略卡人对这位著名的巴黎女作家，和那个在抚摸钢琴琴键时好像上帝显了灵一样的

---

1 《马略卡的冬天》，第19页。

病恹恹的男人，非但没有丝毫的热情，还充满了敌意。他们和桑小说中那些法国农夫的温良而有教养、充满乡村情调又饱含民主意识的形象毫无关联。桑雇用的当地女仆，不但偷窃成性，还弃下主人一家逃之夭夭；桑找来打造家具的木匠，手艺糟糕拙劣不算，还好吃懒做拖拉怠工；市场上的菜农渔父，因为桑的外国人身份，把所有食物都抬高几倍价钱想趁机捞一笔；附近的邻里女人们，则被桑男人式奇装异服的打扮和她作为离婚女子再同另一个男人同居的故事吓得退避三舍，冷眼唾弃；至于他们那个出身高贵的富有房东，一听说肖邦的肺结核又复发了，立即就将他们请出了自己那栋冰冷粗陋、穿堂风肆虐的破旧公寓……

冬季马略卡岛的旅行，对桑和全家人来说，很快就在荒野陌生的人与景中，变成了一场焦躁混乱的噩梦。当地原本就不成形的山路，在雨水的冲击下，令任何普通的出行都变成一次无法预知的惊魂探险。肖邦的健康因为寒冷的天气、粗劣的食物和简陋的居住条件，日益严重恶化。因为语言的障碍和当地人对桑的行为作风以及肖邦疾病的排斥，他们几乎与外界没有任何的交流。原本打算在书写中慵懒度过冬日的女作家，变成了家里一个病人和两个小孩的护士、保姆加厨师；柠檬花的香气则被马略卡家家户户厨房里传出来的裹着大蒜味的油哈喇味抹杀得一干二净；至于想象中淳朴热情，洋溢着原始活力的人民，则现出了“集欺骗、利诱、侮辱、破坏于一身，且丝毫没有意识到这些行为有任何不妥的”真实面目。对满怀美好期待的桑，马略卡变成了一个不折不扣的“猴子岛”。[1]

> 桌子上摆放着的二十多道菜，每一样看上去都像是天主教徒所习惯的正常食物，不过你们千万不要被它们的外表欺骗了；这些不但都是可怕的毒药，而且全部由魔鬼亲手烹制。当你以为终于到了品尝甜点的时候，上来一个看起来非常可口的，表面装点着像是糖渍橙皮的水果挞；最后你发现，眼前的“水果挞”是个以猪肉和大蒜为馅料的派，上面散落着咸辣的干番茄和干辣椒，而表面那些看起来纯洁无瑕的“白糖”则是大把的粗盐……[2]

一个看起来诱人的水果挞，吃到嘴里时猛然发觉，想象中清甜的水果奶油变成了满嘴粗鄙的猪肉大蒜，温和的甜橙皮则化作了叫人嘴里生烟的干辣椒。翘首期盼甘甜清爽却阴差阳错地咬进了满口咸辣，这想象

---

1 同前，第180—181页。
2 同前，第171页。

与现实之间的巨大落差和令人来不及应对的“意外惊喜”，岂不正是乔治·桑那个冬天的马略卡之行的贴切写照？

在行走与写作中寻找、创造理想的人与社会样本，试图理解、改变人民悲惨的生存状态，在文学中勾勒一个也许有一天也能在现实中站立起来的更公正、崇高、美好的人类社会，是桑和她那一代众多高大的写作者一生追求的华彩梦想。浪漫与理想主义，如果说是桑的小说中令人印象最深刻的文字印记，那么它们首先也是属于她的灵魂性格。她年复一年地研究、观察贝里地区农民的语言、生活习惯，收集当地古老的民歌，在《安吉堡的磨工》《魔沼》《弃儿弗朗索瓦》[1]这些小说里，将自己乌托邦的社会主义理想，一次又一次地透过想象中淳朴善良的人民之口来表达与传递。对由平民无产者组成的理想社会这一主题的迷恋和执着，来自她对底层人民纯真善良的品质和落后社会中原始生命力将是改变等级社会不公正的原动力这一理念的信服和敬仰。这种信仰是桑致力于通过文学表达的政治观点，更变成了她个人在生活中不自觉的行为信条。于是自然而然地，她对马略卡这片荒野土

1　《安吉堡的磨工》（*Le Meunier d'Angibault*，1845），《魔沼》（*La Mare au diable*，1846），《弃儿弗朗索瓦》（*François le Champi*，1850）。

地的人与景，在踏上它以前，一定是充满了浪漫缥缈的想象与等待的。

在亲自经历和见证了马略卡人民的狡猾、懒惰和不友善以后，乔治·桑是既愤怒失望，又略带着几许苦涩的。这场旅行多少有点打破了她与她的社会主义同僚们多年来想象、建立起来的关于“人民”的传说。于是，在某种淡淡又难言的隐恨中，向来爱憎分明的桑在《马略卡的冬天》里，将岛上的人们描绘成了世间最龌龊不堪的存在。桑的偏激绝对和毫不留情，自然令当年的西班牙人群情激愤……

对于生在女人还只能穿裙子的那个年代的乔治·桑来说，1838 年的马略卡，它的滋味就像西班牙的大蒜猪肉派，粗鲁辛辣得让习惯了巴黎的精致和贝里的田园的桑，全然没有了参照物。行走中四处皆是骗子小偷一定不是什么叫人赏心悦目的事情。但是，假如旅途与我们所期待的完全一致毫无意外，在荒蛮干热的马略卡亦能享用和丰饶温凉的贝里同样爽口的菠菜山羊乳酪沙拉，那么离开和远行的目的又在何处呢？

蒙田说：“每个人都将自己所不习惯的，称为‘野蛮’。”或许，与自己所不习惯的“野蛮”之间的相遇、震惊、了解才正是离开和远行的乐趣所在。大蒜猪肉派越是粗鄙不堪，它为行者打开的那扇门或许也就越是宽广丰富。它让你知道，这世界上有人热爱水果奶油挞，有人则为大蒜猪肉派疯狂；它也许会激起你的那么一点好奇心，走到门后面去瞧一瞧，为什么那群人把你认为的魔鬼的食物当作人间至味；它也许会给你另一双眼睛看待自己的世界和门后面的世界；它更会让你在重新回到属于你的“文明世界”以后，越发懂得欣赏自己盘子里的菠菜山羊乳酪沙拉。

> 我最美好温柔的旅行，是在炉火边，双脚浸在温暖的炉灰里，手臂搭在我的老祖母那张早已被磨平的摇椅上度过的。[1]

即使最舒适美好的旅行近在咫尺，它依然无法阻拦桑冒着饱受疾病侵扰的风险，在汗水和失望的陪伴下，踏上这奔向未知与“野蛮”的旅途。因为那未知总能带给人独一无二的生命体验，在记忆的长河里烙下那么一个闪亮的永恒印记。它是如此诱人炫目，散发着致命的吸引力，让桑和世界上千万和她一样的浪漫灵魂，明明知道前面有个魔鬼的大蒜猪肉派在等着，还是忍不住整装待发。

也幸好世上有这个叫作“未知”的神秘东西，以

1 《马略卡的冬天》，第 20 页。

及那些魔鬼的大蒜猪肉派。因为它们的存在，肖邦留下了如马略卡冬日的雨点敲打在石板路上一般灵动的《24首钢琴前奏曲》。也因为它们，我们在一百多年以后，某个花香袭人的温热春夜，可以独自坐在露台上，听着风声，手里翻动着这个叫乔治的女人写下的《马略卡的冬天》。

《乔治·桑与肖邦》，Lionello Balestrieri 绘画

马略卡猪肉派
（无大蒜版）

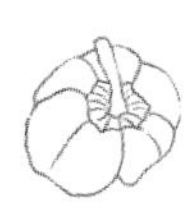

派皮材料：面粉500克，牛油60克，橄榄油2汤勺，温水适量，盐1茶勺。

馅料材料：豌豆300克，猪里脊肉300克，橄榄油1汤勺，甜辣椒粉（paprika）1茶勺，辣椒粉适量（可不加，根据个人口味调整），盐、胡椒适量。

（以上材料可以做9个直径7厘米左右的派。）

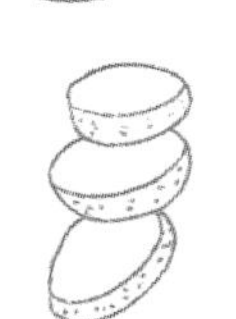

1. 把面粉、盐、橄榄油一起倒入一个大碗，加入软化的牛油块，用手把牛油块捏碎，使其完全融入面粉中。当所有的面粉都均匀地与牛油融合在一起，边一点一点加入温水，边用手将材料揉成光滑的面团。大碗上盖好保鲜膜，放入冰箱冷藏一小时。

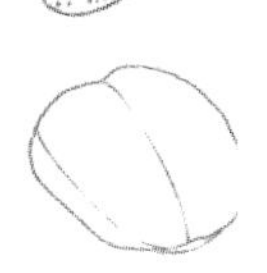

2. 取一个锅，放入适量冷水，烧开后加入少量盐，把豌豆放入沸水中煮熟后，捞出沥干。在煮熟的豌豆里拌上辣椒粉和甜辣椒粉，备用。

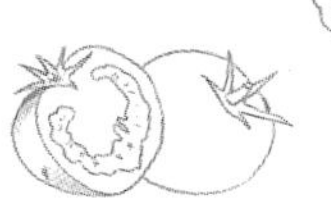

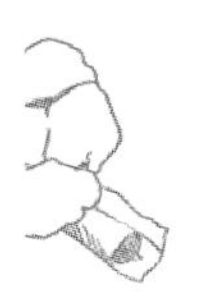
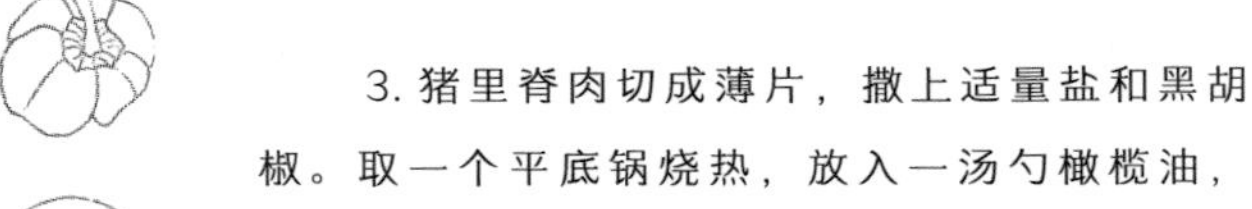

3. 猪里脊肉切成薄片，撒上适量盐和黑胡椒。取一个平底锅烧热，放入一汤勺橄榄油，放入猪里脊肉片中火煎熟，取出备用。

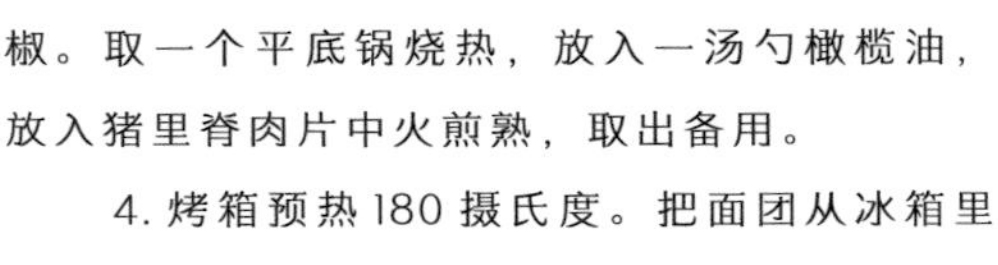

4. 烤箱预热180摄氏度。把面团从冰箱里取出，取鸡蛋大小的一块面团，用手捏成一个小碗的形状即为派皮底，在派皮底里填上到一半高度的猪肉片，再摆上一半的豌豆。取核桃大小的一块面团，用擀面杖擀成和派皮底一样大小的圆形派皮封口，把它放到馅料顶部，用手用力捏紧封口即可（需要的话可以在封口处抹些清水）。重复此步骤到所有材料用完。

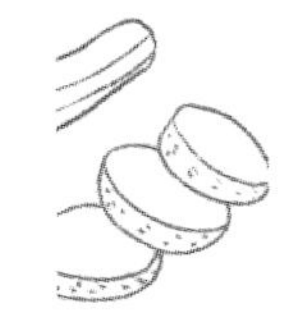
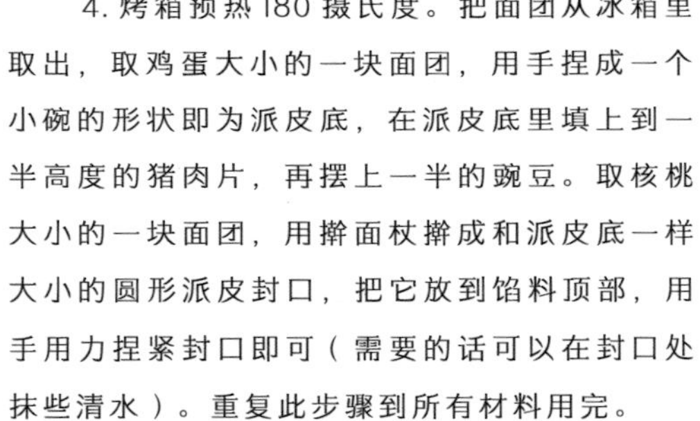
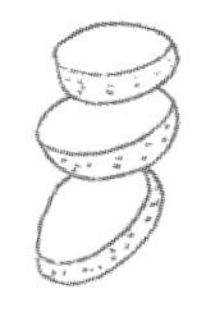

5. 用牙签在所有做好的派的顶部轻轻扎几个小孔，防止烘烤过程中肉派爆裂。送入烤箱180摄氏度烘烤25—30分钟即可。

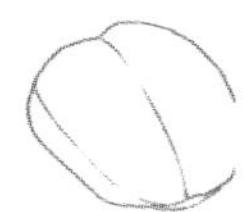

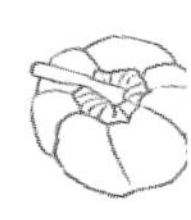

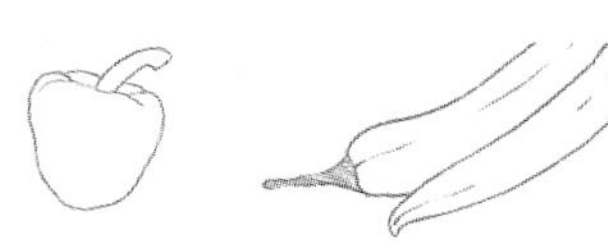
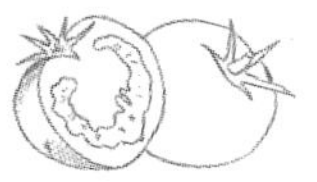

鲍里斯·维昂
和
金色泡沫

鲍里斯·维昂

《岁月的泡沫》法文版封面

只有两样东西是要紧的，爱情，同那些美丽女孩的爱情；还有新奥尔良的音乐，艾灵顿公爵。其他的一切都应该消失幻灭，因为其他的一切都是丑陋的。在即将铺展开来的书页中，它们会竭尽全力让这个故事看起来尽可能显得真实。因为这个故事的每一个段落，每一个细节，都是我用心想象出来的。

——《岁月的泡沫》[1]

眼前这个脸色苍白、身形孱弱，眼神里总是忽闪着几丝忧郁，吹起小号沉醉其中的年轻男孩，他的名字叫鲍里斯·维昂。他用他的敏感与脆弱，才华与诗情，

---

1 《岁月的泡沫》（*L'Ecume des jours*）是法国作家、诗人、歌手、爵士乐乐评人鲍里斯·维昂（Boris Vian，1920—1959）出版于1947年的小说。《岁月的泡沫》在出版以后虽然受到作家雷蒙·格诺（Raymond Queneau）以及让-保罗·萨特等人的极力推崇，却在作者生前没有取得任何的成功与公众的关注。从20世纪60年代开始，尤其是在1968年的“五月革命”以后，维昂生前的小说创作，以《岁月的泡沫》为代表，开始受到年轻一代的关注和追捧。这位生前不为人知的作家逐渐被奉为法国战后的经典作家之一，其作品入选中学必读书目。本文中所有法语原文翻译均出自本书作者之手。使用的法语版本为：Boris Vian, *L'Ecume des jours*, Paris, J. J. Pauvert, 1963。

理想与反叛，不羁与大胆，将他短暂的生命呈现得如同阳光下飘舞飞扬的肥皂泡沫，璀璨晶亮又转瞬即逝。他温润奇幻的文字，慵懒醇厚的歌声，他对游戏人生的狂热，对荒诞世界的通透洞察，以及那狂欢摇摆中不时透出的深深的悲哀，让他变成了整整一代人追寻的青春梦。

鲍里斯·维昂生在巴黎郊区富裕的布尔乔亚之家。维昂自幼糟糕的健康状况，令母亲对他的照顾无微不至，充满保护性。维昂一家的生活是安逸闲适的，司机、厨子、园丁、家庭理发师、私人教师一个不少。父亲建造的宽敞华丽的用来跳舞狂欢的客厅，将年幼的维昂与外面生硬的现实世界，温柔有力地隔绝了开来。

孱弱的身体丝毫没有影响维昂成绩优异的学习生涯。在获得了古典文学（拉丁语和古希腊语）以及哲学–数学–德语的多重高中文凭后，维昂进入巴黎中央理工学院，于1942年获得了工程师文凭。也正是在他的工程师学业生涯中，鲍里斯开始学习吹小号。新奥尔良的摇摆与艾灵顿（Edward Kennedy Ellington）的爵士乐由此走入了他的生命。

在德军占领下的巴黎，维昂成为出入香街和拉丁区咖啡馆的众多*Zazou*[1]中的一员。他流连在左岸的小酒馆里，与其他的爵士乐爱好者一起成立了一个名叫“新奥尔良俱乐部”的乐团。白天窝在咖啡馆里写小说和诗歌，晚上到隐藏在街角的不起眼的俱乐部里玩音乐，逐渐成为维昂全部的生活与牵挂。20世纪40年代中期，在圣日耳曼德佩一家爵士乐俱乐部里，青春朝气的维昂认识了他人生中最重要的几位挚友：让-保罗·萨特、西蒙娜·德·波伏娃和雷蒙·格诺。维昂作家生涯中最重要的小说《我要到你的坟墓上去吐唾沫》（1946）、《岁月的泡沫》（1947）也先后创作于这一时期。与萨特、波伏娃不同的是，维昂的作家生涯是缺少几分运气的。他笔下奇幻荒诞的世界，灵动充满想象力的文字游戏，和那潮湿神秘中升腾着焦虑情绪的故事氛围，阴差阳错地令那个年代的读者丝毫不为之动容。一部又一部小说，在出版后既没有获得评论界的关注，也引不起大众任何的兴趣。曾经意气风发的大男孩，在岁月的尘埃中，渐渐地被灰色与黯淡包裹住了脸孔。当文学创作遭遇了一次次的失败，昔日衣食不愁的物质条件也早已成为过往云烟，陪伴守候着维昂的就只剩下他的爵士乐。音乐变成了

1 *Zazou*专指流行于20世纪40年代法国社会的一股潮流，被称为*Zazou*的年轻人以英美式的穿着（格子西装）和对爵士乐的热爱为主要特点。

他生命最后的时光里唯一的避风港，一个容许他倾诉发泄生命的满足与哀伤的地方。1954 年，在极端敏感的政治环境与审查压力下，维昂依然发表了那首举世闻名的歌曲《逃兵》[1]。那温婉的歌词中流淌着的对战争的唾弃，对权力的蔑视，对生命的深深怜悯，让维昂从此成了属于一代人的神话。20 世纪 50 年代末，迫于生活的压力，维昂不顾日益恶化的健康状况，从事着翻译、创作、乐评等众多工作。1959 年 6 月，在香榭丽舍大街的一家电影院中，维昂第一次看到根据他的小说《我要到你的坟墓上去吐唾沫》拍成的电影。只是电影才刚刚开场，这个永远的大男孩的生命就走到了尽头。他像升腾的泡沫一般，消失在了空气中。

温软慵懒的爵士节奏下，《岁月的泡沫》这个绚丽奇幻、荒诞忧伤的故事，描绘了一场爱情，讲述了一段人生。

科兰长着一头金发。圆润的脸庞，挺直的鼻子，金棕色的皮肤，和孩童一般灿烂的笑容，让他虽然称

---

1 《逃兵》是鲍里斯 · 维昂发表于 1954 年的一首反战歌曲。歌曲发表时正值法越战争的尾声，维昂在歌曲中所表达的激进的反战态度，以及对法国当局的指控，令这首歌曲直到 1962 年都一直遭到禁播。1965—1970 年美国对越南开战期间，维昂的《逃兵》在美国民众的反战游行示威中重新被乡村歌手琼 · 贝茨（Joan Baez）演绎。

不上英俊，但也是端正可亲的。科兰总是心情愉快的。同女孩子们说话的时候，他是温柔体贴的。如果交谈的对象是男人，他也一直是微笑着的。他是不工作的，因为他不需要工作。他拥有的财产让他无须从事任何劳动，足以过上极其舒适的生活。他住在市中心一套宽敞明亮的公寓里，雇了一位技艺精湛的私人厨师。科兰喜欢文学，醉心爵士乐，热衷美味的食物。他唯一缺少的，是一个能让他坠入爱河的女孩。一直到他遇到克罗伊的那一刻。

希克是科兰最好的朋友。他与科兰一样热爱文学，尤其对一位名叫让-索罗·帕特[1]的哲学家的作品如痴如狂。和科兰最大的区别在于，希克是没有钱的。他工程师的工作甚至都养不活他，他必须定期接受叔叔和科兰的接济。有一天，希克认识了一个和他一样崇拜让-索罗·帕特的女孩，阿丽斯。

科兰新雇用的厨师名叫尼古拉。虽然与主人年龄相仿，尼古拉却恪守着老式布尔乔亚家庭中仆人的行为操守，谦恭有礼地谨守着主仆间的界线。对于自己

1 维昂小说中的哲学家让-索罗·帕特（Jean-Sol Partre）的原型正是现实生活中的让-保罗·萨特（Jean-Paul Sartre）。

的厨师工作，尼古拉则谨遵宫廷大厨朱尔·高菲[1]的皇家厨艺路线，讲究繁复高超的技艺，注重华贵精致的细节。工作中严谨的他，私生活则极为恣意放任。他只对露水情缘兴致浓郁，对于爱恋他已久的女孩依西斯毫无察觉。

这是一群如同生活在一个与外面世界隔绝的气泡里的欢乐青年。他们虽然也有属于各自的忧愁，可烦恼总归无法取代环绕在空气里的欢愉，不安与怀疑于是也只好暂时地隐蔽在某些角落里。穿着灯芯绒格子装的科兰，在艾灵顿公爵顿挫慵懒的音乐声中，迷醉地摇摆着身体。窗外昏白的阳光洒落在客厅明黄的木质地板上，走廊里一只灰色毛皮长着长胡子的老鼠，愉快安静地凝视着翩翩起舞的主人。此时从工厂里风尘仆仆地走出来的希克，正心急火燎地往市中心的书店赶，为了买下某套让-索罗·帕特的新书。他虽然从来没有读懂过让-索罗·帕特，但是和许多人一样，痴迷于某一个人或者某一样事物，对他来说是既不需要理智更不需要理由的。跳够了爵士的科兰与买下了让-索罗·帕特的希克坐在考究的饭桌前，尼古拉端

1 朱尔·高菲（Jules Gouffé，1807—1877），19 世纪法国著名的厨师与甜品师，人称“装饰性厨艺教父”。作为拿破仑三世的御用厨师，高菲以其精湛的技艺和华丽的盘中艺术闻名，对 20 世纪法国厨艺影响深远。

上一道令人叹为观止的脆皮黄鳝。被白葡萄酒、百里香、月桂、大蒜炖得酥软多汁的黄鳝肉，配着清炒洋菇，被笼罩在一层金黄香脆的牛油酥皮下。客厅里浮动着浓郁的牛油气味，科兰和希克的眼睛里则闪动着一个又一个轻盈跳跃的、属于无忧年华的金色泡沫。

走廊里那只灰色的老鼠，安静地看着眼前飘闪而过的欢愉泡沫，一言不发。

克罗伊是所有青春少年头脑中的理想女孩。她好看得像一朵莲花，温柔得如同轻软的棉絮，娇俏调皮得好比一只妩媚的猫咪。科兰与克罗伊的爱情自如流畅得仿佛一条溪水。从轻舞时的牵手，到长凳上的一吻，再到携手走入婚姻，一切都好像童话故事里谱写的一般，美好得不真实。

慷慨的科兰当然是要为克罗伊筹备一个盛大隆重的婚礼的。他不计花销地购买鲜花装饰，雇用昂贵的仪仗队，花重金聘请神职人员。科兰天真无忧的性情，让他对财富的多少既没有太多的概念，也就不在乎它的流失。而他的善良乐施，则令他不满足于一个人独享幸福，而是希望尽自己的能力，将其他人也一起拉入金色的泡沫中去。他毫不犹豫地送给希克一大笔钱，让他同阿丽斯组成家庭。只是他不晓得的是，希克对阿丽斯的爱远非他自己对克罗伊的爱那么不顾一切。希克更爱的，是那个他从来没有读懂过的让-索罗·帕特。

这群快乐少年的生活在奥尔良的爵士乐、科兰创造的钢琴鸡尾酒制造器和尼古拉的美味食物中滑动流淌着。一直到吮着杏桃裹梅子的克罗伊，胸口突然浮现出一朵洁白的莲花为止。靡靡的爵士小调忽然之间变得焦虑阴郁了。

克罗伊日夜不停地咳嗽着。她的胸腔里好像长出了一个怪物，令她每一次轻咳都痛如刀绞。医生无奈地告诉科兰，他妻子右边的胸腔里长出了一朵巨大的“莲花”。唯一能够治疗她的方法就是让克罗伊从早到晚被最新鲜的花朵环绕着，以它们的生命力来抑制“莲花”的生长与开放。爱得痴狂的科兰于是将妻子送到山上休养，每天用最娇嫩的花儿疗愈她。从来没有任何物质困扰的科兰，被昂贵的诊疗费与成堆成堆的鲜花，一点一点地掏空了箱子里所有的积蓄。

一旦没有了箱子里的那些钱币，似乎突然之间，生活中的一切都与往日不同了。科兰惊诧地发觉，昔日宽敞的公寓，它的墙壁、天花板居然在慢慢缩小，越靠越近。尼古拉一夜之间苍老了十几岁，头发变得花白，眼角也垂了下来。他再也不可能连着三个小时站在明亮的厨房里，按照朱尔·高菲的食谱准备黑松露小母鸡佐鸡汁烩饭了。从前的气派烤箱变成了陶瓷的土炖锅，而他作为厨子能端上桌的饭食也只剩下了一碗粗糙的果腹玉米汤。阳光好像被什么东西挡在了窗外，再也无法照亮日益狭小的房间。地板则变得越来越昏暗污浊，长胡子的灰老鼠尽管拼命想把它擦干净，却依然无法阻止油腻与灰尘对它的侵蚀与遮盖。坠落总是突如其来，又势不可当地进行着。

陷入了物质窘困的科兰，为了治疗克罗伊的病，不得不踏入他一直以来憎恨唾弃的“工作的世界”。那些为了有一口饭吃，过着如同机器一般枯燥麻木生活的人，那些为了自己日益鼓胀的荷包，不惜压榨剥削他人的利益阶级，那些在重复单调的手势中丧失了一切敏锐感知力，还为此骄傲不已的人，如今变成了科兰生命中的现实场景。他不得不放下他的文学与音乐，忘记他的鸡尾酒和脆皮黄鳝，一天八小时地工作着，或是坐在金库前看管钱财，或是穿梭于城市中每一个幸福或者不幸的家庭，向他们预告即将到来的灾难。属于科兰的世界，变得一天比一天更狭窄。游荡在狭隘空间里的，除了深不见底的忧伤，还有影影绰绰的死神。

当克罗伊从山上回到家里，她右边肺里的那朵巨大“莲花”终于消失了。只是，她那如杏仁糕一般细腻的皮肤显得越发苍白了。艾灵顿公爵的乐曲才刚刚在昏暗的公寓里响起，撕心裂肺的咳嗽声就又启动了。这一次，是她左边的那个肺。

捉襟见肘的科兰送走了尼古拉。与其让他衰老在这个没有阳光的世界，不如让他去其他地方继续烹调脆皮黄鳝和巧克力泡芙。希克把科兰给他的每一分钱都花在了让-索罗·帕特的新书、老书、全集、绝版书上，甚至是哲学家穿戴过的某条旧裤子、旧帽子，他都当宝贝一样地花重金买下来。他花光了所有的钱，丢掉了工程师的工作，抛弃了美好的阿丽斯。绝望的阿丽斯在杀死哲学家以后，葬身火海中。希克则为了阻止警察碰那些属于他的全集，死在了无情的枪火下。

科兰终于还是没有能留住温婉娇嫩的克罗伊，让她同那些金色泡沫一起，飘散在了空气中。身无分文的科兰，没有了爱情，没有了音乐，没有了希望与信仰，心中唯一怀揣着的，只有无尽的忧伤。一路陪伴着他的灰毛长胡子老鼠，无法拂去主人肩上那朵沉重昏暗的伤感的云，只有钻进猫咪的嘴里，结束这渺小不堪的一生。

一个开始时充满了对青春与人生承诺的故事，在维昂半梦半醒的荒诞叙述中，渐渐地露出了狰狞的脸孔，最终在死亡与绝望中烟消云散。那是一个青春梦的破灭。青春的慷慨与激情，那无须保留、尽兴燃烧的生命，那理想中璀璨完美的爱情，在荒唐又现实的人世中，好像失去了魔法的仙女鞋，晦暗而不堪一击。那是一个理想世界的破灭。每一个个体，为了一口面包，一杯咖啡，都不得不把肉身放进一个巨大的机器里，任由它鞭打挤压蹂躏。对制度的唾弃也好，对个体猥琐灵魂的抨击也好，一切的清高不屑都必然会在桌上的那碗玉米汤前低下他自以为高贵的头颅。那还是一个艺术梦的破灭。艾灵顿公爵的靡靡之音和让-索罗·帕特闪着智慧火焰的哲学著作，在面对冰冷的现实世界时，不过和可以用来典当的毛皮大衣金戒指一样，值几个能混口饭吃的铜板而已。

这个诗意温柔、灰暗讽刺的故事，又何尝不是鲍里斯·维昂自己的岁月的泡沫。在慷慨恣意中生活，在真诚与信仰中书写，在穷困与疾病中度日。他短暂的一生过得灿烂又凄惶，离开后被读懂了他的人与读不懂他的人一起轰轰烈烈地捧上了天。

日子一天一天地继续着。岁月的泡沫飘浮在空气中，在阳光下闪露着它们嘲讽的微笑。

简易版脆皮黄鳝
（8 人份）

烟熏黄鳝1条，橄榄油50毫升，红葱头2个，现磨辣根（山萝卜）50克，液体奶油200毫升，青柠1个，西式起酥皮250克，蛋黄1个。

1. 处理黄鳝。把黄鳝去头、尾、皮。黄鳝先切成段，再去除所有的骨头，黄鳝肉切丁备用。

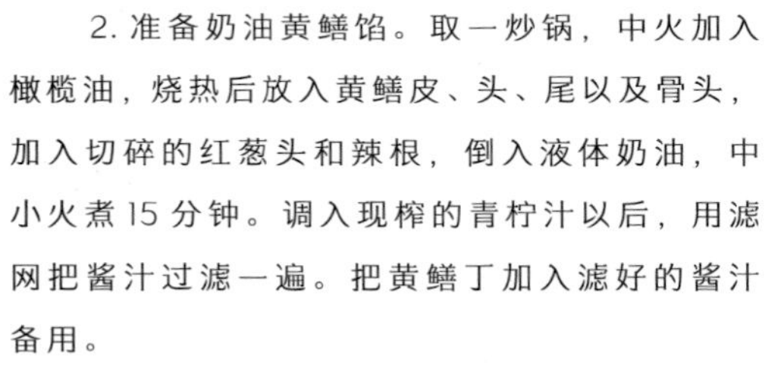
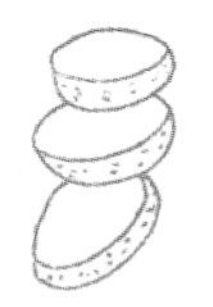

2. 准备奶油黄鳝馅。取一炒锅，中火加入橄榄油，烧热后放入黄鳝皮、头、尾以及骨头，加入切碎的红葱头和辣根，倒入液体奶油，中小火煮15分钟。调入现榨的青柠汁以后，用滤网把酱汁过滤一遍。把黄鳝丁加入滤好的酱汁备用。

3. 用擀面杖将西式起酥皮擀成2毫米厚，用切割器将起酥皮切成6个直径8厘米的圆形与6个直径12厘米的圆形。

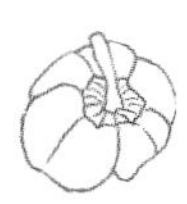
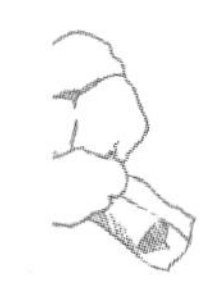

4. 在每个直径12厘米的面皮上摆上一勺奶油黄鳝馅，用刷子在面皮边缘刷上蛋黄液，盖上直径8厘米的圆形面皮。边缘捏紧后，用小刀在每个圆形面团上轻轻划一些划痕，再刷上蛋液，放入冰箱冷藏至少1小时。

5. 烤箱预热200摄氏度。将面团放入烤箱，200摄氏度烘烤8分钟即可。

享用这道脆皮黄鳝时，除了可以佐一杯白葡萄酒，最好记得在唱片机里放上一张艾灵顿公爵的唱片，让金色的泡沫轻舞在你的客厅里。

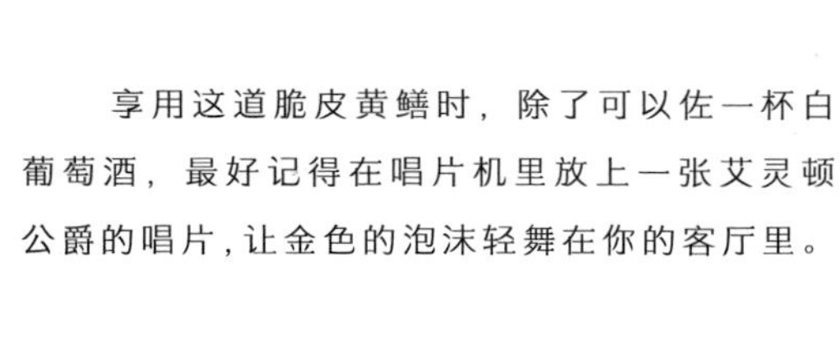
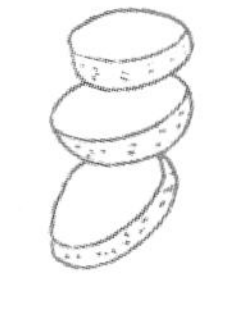

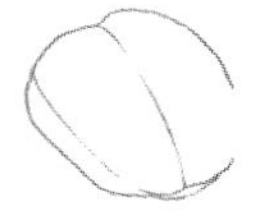

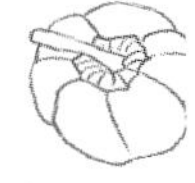
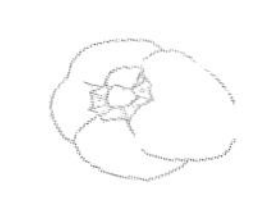

《午餐》，莫奈绘画

浪漫忧郁
的
轻骑兵

安托瓦・布隆丹

《冬天的猴子》法文版封面

在遥远的中国，当冬季的第一缕寒冷飘扬在空气里的时候，有好多迷路的猴子游荡在城市的各个角落里。它们来到这个地方，或者出于好奇，或者因为害怕与厌倦。那里的人们相信，即使是猴子也是有灵魂的。于是他们把钱凑起来，让人们把这些猴子带回属于它们的森林，在那里它们有自己的习惯和朋友。装满了猴子的火车缓缓地向着森林驶去。

——《冬天的猴子》[1]

20世纪40年代末的巴黎，左岸圣日耳曼德佩区，有那么一群因为文学而偶然聚集在一起的年轻人。白天他们坐在小酒馆里，在咖啡啤酒香烟的环绕下，书

1 《冬天的猴子》（*Un singe en hiver*）是法国作家安托瓦·布隆丹（Antoine Blondin）出版于1959年的一部小说，也是布隆丹创作生涯中最重要的作品之一。该小说在出版后，于同年获得法国重要文学奖项“行际盟友奖”（Le Prix Interallié），此奖项专为记者身份的小说家设立。布隆丹除了进行小说创作以外，也是法国战后的一位著名记者。《冬天的猴子》还未曾被引进翻译成中文，本文中所有原文翻译均出自本书作者之手。使用的法语原版为：Antoine Blondin, *Un singe en hiver*, Paris, Gallimard, 1973。此段落引自原文第210页。

写着属于他们的战争回忆，以及晦涩绝望中撕裂的孤独。晚上他们回到圣日耳曼德佩教堂附近简陋的小旅馆。因为没有什么钱，房间的租金只好一个月一个月地付。圣路易岛昏黑的夜色中，他们时常聚集在某间小饭店，吃一份简单的套餐，灌几杯粗糙的红酒，探讨着兰波的诗歌、塞利纳的小说。他们中的好几个后来成为法国文坛20世纪五六十年代重要的右翼作家，比如写出了《蓝色骑兵》（*Le Hussard bleu*）的罗歇·尼米耶（Roger Nimier），比如那部后来被改编成同名电影《冬天的猴子》[1]的作者安托瓦·布隆丹（Antoine Blondin）。人们把这些文字简洁锐利，笔尖既流淌着淡淡诗意又充盈着反保守主义色彩的圣日耳曼德佩的右翼作家，称作“轻骑兵派”（Les Hussards）[2]。

安托瓦·布隆丹是“轻骑兵派”里最重要的作者之一。他穿着黑色粗绒西装的漫不经心的游荡身影中，藏着一双犀利敏锐的眼睛。布隆丹根据他在二战中被迫成为德军雇佣兵的经历写成的第一部小说《旷野欧

1 小说《冬天的猴子》在1962年被改编成电影，由两位法国著名演员让·加潘（Jean Gabin）和让-保罗·贝尔蒙多（Jean-Paul Belmondo）主演，成为法语电影里的经典作品。

2 Les Hussards，中文译作“轻骑兵派”，是20世纪五六十年代活跃在法国文坛的一批右翼作家。“轻骑兵派”以激烈反对萨特的左翼介入文学（Littérature engagée）而闻名。“轻骑兵派”这个称谓来自作家罗歇·尼米耶的小说《蓝色骑兵》。

洲》（*L'Europe buissonnière*），在出版后立即引起了文学界的关注，第二年即获得了著名的“双叟咖啡馆文学奖”（Prix des Deux Magots）。这个热衷于成夜游荡在巴克街[1]的酒馆里，不厌其烦地玩老虎机的不羁灵魂，这个让他的出版商不得不把他关在旅馆房间里才能按时完成小说的游荡骑兵，在1959年写下了一个发生在诺曼底海边小城的，关于两个男人的故事：《冬天的猴子》。一个铺展在英吉利海峡边荒野沙滩上，包裹在咸腥海水味道里的关于酒精、友谊和虚无的故事，在布隆丹忧郁而灵动的笔下，内敛又激情地被讲述着。

故事里有一家不起眼的家庭旅馆，两个寂寞的男人，一份白酒炖小牛肉卷和一杯接着一杯的诺曼底白兰地。

冈坦是个逐渐开始步入衰老的诺曼底老头儿。像阴天般无趣的一生，他的大部分时间都在这个叫作蒂格维尔的海边小镇上度过，和妻子苏珊一起经营着一家叫作斯黛拉的小旅馆。冈坦生命里唯一的烟花绽放的时刻，是他十几年前的饮酒岁月。在白兰地的温柔抚摸下，当全城的人都因为即将降临的德军轰炸而撤离逃散时，他却依然独自穿越狭窄冗长的街道，用歪

1　巴黎七区一条拥有众多著名人文建筑和景观的街道。

歪扭扭的脚步拍打着忽上忽下的石板路。当夜色将灰蓝的大海包裹，他踏着迷醉的步伐来到浪花滚滚的海边，躺在细白沙砾的海滩上，天上闪动的星光让他想起年轻时自己在遥远的中国，在长江上的船筏里服兵役的日子。长江上雾气缭绕的漂筏岁月，与载着来自西藏的牦牛皮的帆船擦肩而过，还有那个叫作重庆的城市，是冈坦一生唯一的历险与传奇，也是他紧紧抓牢不愿放开的一个梦。当他有一天突然决定，把白兰地的滋味从舌尖抹去，将醉意迷蒙的快感变成昨天的记忆，他那只有在酒精燃烧着血液时才显现出的梦，那些活着的激情和绚烂，也和烈酒一起，被埋入了层层的沙砾中。

冈坦十几年来滴酒未沾。当年那个借着醉意，黑夜独自狂奔在海滩上的中年男人变成了一个每天晚上嚼水果糖的小老头儿。戒了酒的他让苏珊觉得平和而满意，旅馆的经营依然是懒散而不经意的。原本开在餐厅边的酒吧，虽然依旧填满了白兰地，却已经上了锁不再对客人开放。诺曼底常年阴郁的天气下，冈坦的日子灰暗平淡地静静流逝着。

弗格是个三十岁出头的高瘦巴黎人，做着一份平庸的广告文案的工作。离了婚的他，因为对酒精的热爱而遭到了情人的离弃，这令他原本就阴郁的脸孔显得越发黯淡。这年第一阵秋风在巴黎上空吹袭起来的时候，他坐上了开往诺曼底的火车，前往女儿玛丽的寄宿学校所在的那个城市：蒂格维尔。下榻到斯黛拉旅馆的弗格是旅店里唯一的客人，可这个一头卷发、夹克衫敞开的男人，却极少打扰他的主人们。即使苏珊一连十四顿午餐端上桌的都只有奶油青口和干煎扁目鱼，他也从无抱怨的热情。他在斯黛拉从秋天住到冬天，白天游荡在小城一条条相似的寂寞街道上，晚上则跑到旅馆对面的小酒馆，用白兰地浇灌着自己沉闷的人生。只有那琥珀色的液体才能将他抑郁的眼神点亮。当他高歌着在深夜的雾气中摇摇晃晃地走出小酒馆，当他做着斗牛士的动作在空无一人的石板路上喊着“哦雷”时，白兰地把他又带回了记忆中西班牙的夏天。他站在人声鼎沸的斗牛场里，穿着夺目的服装，在马德里炽热的阳光下等待着表演的开始。情人克莱尔在一家小酒馆里，面对着一盘淡水龙虾，等待着他的到来。那些片段饱含着生活的质感与激情，那些画面色彩斑斓而气味浓烈。酒精是他逃离贫乏现实的地下通道，通往片刻的自由与解脱。

当弗格每个上午在宿醉的头痛和口舌的干渴中醒来时，滚烫的西班牙梦幻和温存的情人之爱，瞬间就在诺曼底冬日厚重的雾气里蒸发了。他又变成了那个苍白颓废的孤单房客，一天又一天远远地偷望着自己的女儿，没有现身的勇气，也没有决定的冲动。

两个原本毫无关联的男人，因为对那生命中飘扬升腾的片刻醉意的饥渴，因为对某种只有在酒精燃烧中才能实现的梦幻与理想的追求，而不知不觉地在冬日萧瑟的斯黛拉，建立起了一份恬淡隐幽惺惺相惜的友谊。

深夜酩酊大醉的对话中，周日慵懒的海边散步时，弗格一次又一次地试图说服冈坦，和自己一起喝一杯。冈坦虽然每一次都断然拒绝，可是嘴巴里融化着的水果糖却让他越来越觉得它淡然无味。十几年来让苏珊安心的生活，一成不变的日常节奏，那些再也无法添加上任何内容或者颜色的环绕着他的记忆，一切都让他感到乏味无趣。他在年轻的广告文案写手身上看到了另一个自己。一个从来都未曾甘心一生做一个旅馆老板，在沉睡的小城终老的自己。一个灵魂深处飞扬着火花，暗自渴望远行与探索，无声地期盼着某种高远和理想的自己。只是这些火光，心灵中的热烈，除了用酒精，他从来都不知道该如何去点燃它们，把它们从幻象变成现实。而如今，岁月流淌中他已经无奈地老去。猛然间他发现，自己醉得还不够多，活得也不够彻底。

弗格在慢慢习惯甚至有那么点享受斯黛拉永远相同的家庭节奏时，发现身边突然有了那么一个厚重温和的父亲形象，存在并默默地引领着他。这个穿着土气的诺曼底大棉袄，戴着贝雷帽的敦实小老头儿，会不声不响地让苏珊把中午的奶油青口换成煎小羊排，也会粗声粗气地责备弗格因为酒精而荒废了青春。弗格喜欢这个外表粗糙的老人，他隐秘地向他指出了生活的坐标，却又从来不向他发表任何的说教。冈坦的存在，他带给他的小心的关注，他们之间无须言语的友谊，给了弗格杂乱仓皇的人生某种沉淀下来的力量。

冬日诺曼底雾气深重的寒夜，斯黛拉餐厅里柔和明黄的灯光，叫人忘记了外面扑面而来吹得人脸发疼的海风。这天晚上，弗格决定亲自下厨，用他的白酒小牛肉卷点亮这个阴湿的夜晚。他仔细地挑选着材料，上好小牛肉薄片，西南巴约纳火腿，几片黑松露，一大块鹅肝酱，青橄榄紫橄榄……原本一道乡土日常的简单肉食，被弗格用金贵的材料和他年轻生命特有的味觉想象力，变成了一道奢华中跳跃着灵感、别致中闪动着不羁的盘中尤物。他把橄榄一个个去掉核，切碎后包入已经垫上了巴约纳火腿、又抹上鹅肝酱的轻薄小牛肉片里，那粉嫩的肌肉被推动着，从这一头滚动到那一头，再用细绳轻巧地把肉卷扎成型。锅里滑腻的牛油包裹着洋葱和咸肉，在一种令人眩晕的香气里明澄地舞动着。他娴熟地放进小牛肉卷，两面大火煎得金黄，小火稍焖片刻，慷慨地倒一杯白葡萄酒，扔几片黑松露进去，外加一大把切碎的洋菇进去调汁收尾……

这天晚上，面对面坐在餐桌前，一切的谈话都只和小牛肉卷以及其他世间各种滋味有关。弗格吹嘘他是肉卷的专家，冈坦对炮制那块肉的昂贵排场虽然颇有微词，倒也觉得肥美出彩、散发着松露沁人脾胃香气的肉卷，有它不同寻常的诱人。那肉汁滑过口舌间的温存馥郁，那白葡萄酒汁明澄地流淌在盘中慵懒地散发出的清甜醉人；那层层包裹下圆润丰满的身体，它的气味，它的质感，它外皮焦黄内里白嫩的颜色，它在牙齿间被碾碎咀嚼时带给人的简单通透的满足……弗格的小牛肉卷唤醒了冈坦沉睡的脾胃和他日益枯竭的生活的激情；它撩动着深藏在他身体里蠢蠢欲动的醉意，酒精的醉，释放的醉，终老前再彻底地毫无顾忌地活一次的醉；那被白兰地燃烧着的身体飞奔在海滩上的醉，那扯着粗犷的嗓子在山间黑夜中高歌的醉，那躺在细沙上遥望星空，梦想着遥远中国的醉。这些欲望终于再次像熊熊烈火一般燃烧着他的神经，如同滚滚长江水澎湃在他老迈的心中。

“如果这个世界上有什么东西是令我怀念的，我告诉你，它不是酒，而是醉。你们只知道那些喝醉了吐得一地的有病的醉鬼，或者是那些烂醉如泥想方设法找碴儿的粗人，可你们不知道还有许多隐藏在酒精里的神秘王子……对他们来说，酒为他们的存在打开了另一片天空……”[1]

这天晚上，在斯黛拉餐厅里混合着牛油和肉卷的气味里，弗格和冈坦面对面地坐在木头桌子前。两人依旧是寥寥数语轻描淡写地聊着琐碎话题，冈坦在重庆的兵役岁月，弗格在马德里的斗牛生涯。他们闪烁的眼神不时扫着酒吧里上了锁的白兰地，连口中吐出的热气里也散发着对陈年良液的饥渴。只是两人谁都没有起身，去拿出那瓶深锁在柜中的琥珀色汁液。弗格依然是跑到斯黛拉对面的小酒馆饮了几杯威末酒，而冈坦则躺在床上凝望着雪白的天花板，无声地嚼着水果糖。

第二天伴随着威末酒残留在口腔里的气味醒来的时候，弗格忽然觉得，昨天晚上的那份小牛肉卷，让他在一夜之间拥有了一个朋友。在这种有了依靠的踏实感觉的支撑下，望着窗外晃人眼睛的苍白阳光，他决定去把女儿玛丽从学校接出来，带着她一起回巴黎。在开始这漫长的一天之前，他先一路小跑到了小酒馆，让威末酒浇灌着他的肠胃，洗涤着他的心智。从小城的石板路一路踉跄地走到车水马龙的十字路口，弗格有了在这里上演一场斗牛表演的冲动。他解下脖子上的丝绒围巾，对着迎面驶来的英国小轿车疯狂挥舞着，

---

1 《冬天的猴子》，第146页。

用身体当盾牌企图拦下汽车。当车里的男人猛踩刹车停下来的时候，他飞身跳上车盖，踩着斗牛士的步伐高喊着：“哦雷！”就这样，弗格把诺曼底小镇上海风凛冽的十字路口，变成了马德里炽热狂欢的斗牛场。不过与斗牛场里欢呼的观众不同的是，小镇上的居民怒骂着把这个高瘦的男人当成疯子，簇拥着找来了警察，把导致交通瘫痪的“斗牛士”抓了起来。

冈坦来到警察局把他保释出来，面对着弗格因为“斗牛表演”而红润满足的脸孔，老头儿凝视了他片刻，郑重地对他说道：“走，我们一起，喝一杯去。”

于是这一整天，两个男人穿梭游走在小镇上一家又一家的小酒馆间。诺曼底醇厚的白兰地，中南半岛辛辣的白酒，一大杯一小杯接连不断地滋润着两人的口舌。当酒精的力量升腾在血液中时，他们开始喋喋不休手舞足蹈。老头儿扮演着服兵役时长官的角色，年轻的那个则服从着长官的每个命令。他们唱着军歌奔跑在山路上，晕眩燥热中海边的狂风吹割着脸庞。冈坦走在岩石上，描绘着长江的水和旅行的梦。弗格推着从教堂偷来的烟花，讲述着马德里的夜和克莱尔的美。最后一口白兰地下肚，两人在诺曼底的白沙上，点燃了盛大璀璨的烟花。生命中的另一片天空，在酒精中被打开扩展着，在焰火中被点亮升腾着。

坐在向巴黎驶去的火车上，弗格向女儿玛丽讲着那个关于冬天里迷路的猴子们的故事。“在遥远的中国，当冬季的第一缕寒冷飘扬在空气里的时候，有好多迷路的猴子游荡在城市的各个角落里。它们来到这个地方，或者出于好奇，或者因为害怕与厌倦。那里的人们相信，即使是猴子也是有灵魂的。于是他们把钱凑起来，让人们把这些猴子带回属于它们的森林，在那里它们有自己的习惯和朋友。装满了猴子的火车缓缓地向着森林驶去。”

迷路的弗格终于要回到属于他的城市去了；迷路的冈坦也再次拿出了水果糖，坐在长椅上静静地等待着他的那列火车慢慢驶来。长着一双不羁又锐利的眼睛的布隆丹，喜欢在老虎机、白兰地和小牛肉卷的陪伴下，讲述存在的虚无和迷途中的苍凉与艳丽。这个犀利悲观浪漫忧郁的轻骑兵，也许和冈坦、弗格还有你我一样，在人生的庸常大路和奇幻小道中，反复寻觅却又不知去向地，找寻着属于自己人生存在的另一片天空。

平民版白酒小牛肉卷
（4 人份）

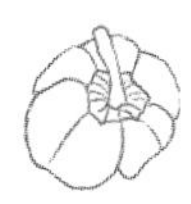

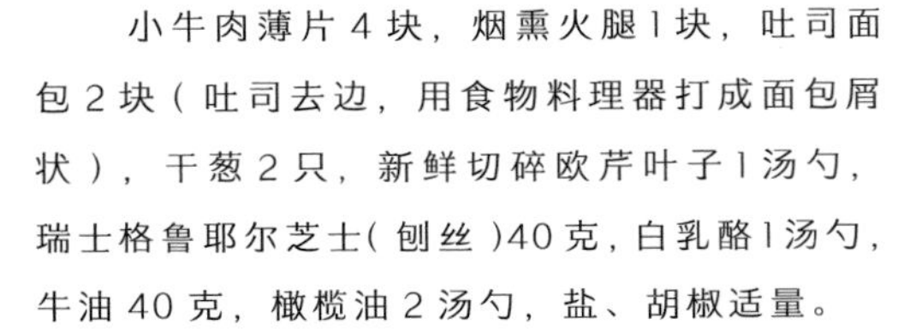

小牛肉薄片 4 块，烟熏火腿 1 块，吐司面包 2 块（吐司去边，用食物料理器打成面包屑状），干葱 2 只，新鲜切碎欧芹叶子 1 汤勺，瑞士格鲁耶尔芝士（刨丝）40 克，白乳酪 1 汤勺，牛油 40 克，橄榄油 2 汤勺，盐、胡椒适量。

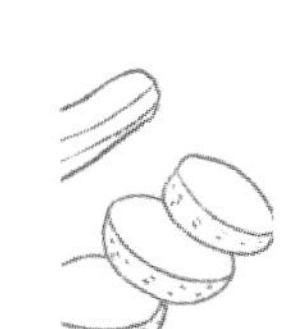

白酒汁材料：白葡萄酒 50 毫升，鸡汤 100 毫升，百里香叶少许，鲜奶油 1 汤勺，盐、胡椒适量。

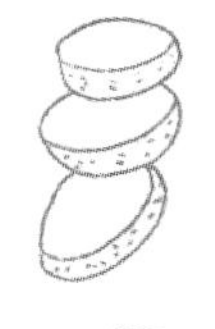

1. 先准备肉卷馅料。把干葱切碎，取平底锅烧热，放入 15 克牛油，加入干葱炒至金黄，放入吐司屑和碎欧芹叶子，翻炒片刻后离火。

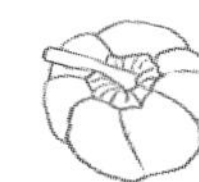

2. 把小牛肉薄片放在两张保鲜膜中间，用擀面杖压平。把烟熏火腿放入食物料理器打碎，倒出后加入刚才锅中的馅料里，再放入 40 克瑞士格鲁耶尔芝士丝、白乳酪，用适量的盐和胡椒调味，搅拌均匀备用。

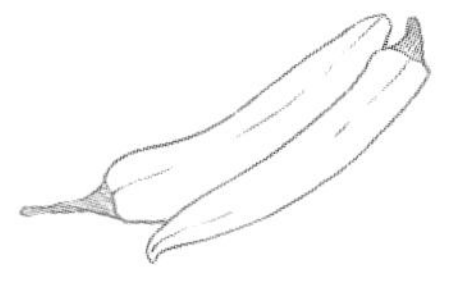

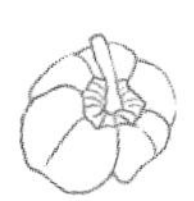
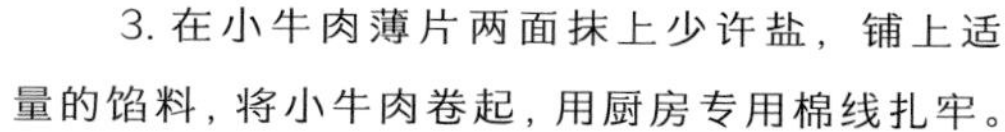
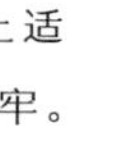
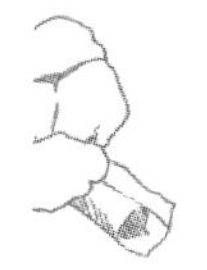

3. 在小牛肉薄片两面抹上少许盐，铺上适量的馅料，将小牛肉卷起，用厨房专用棉线扎牢。

4. 取一个炖锅，放入 2 汤勺橄榄油和剩下的 25 克牛油烧热，放入肉卷，煎到两面金黄。倒入白葡萄酒，中大火煮 3 分钟待液体蒸发些后，加入鸡汤和百里香叶子。盖上锅盖小火焖 15 分钟，这期间要把小牛肉翻面。15 分钟后取出肉卷放在盘中保温备用，加入 1 汤勺鲜奶油，中火煮 5 分钟至酱汁略微变浓稠即可，适当调味后把酱汁淋在肉卷上，出盘。

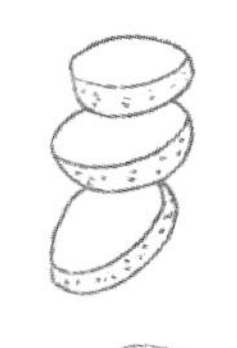
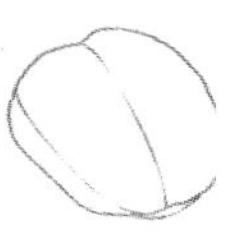
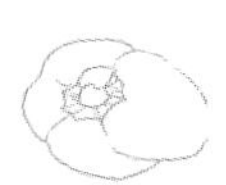

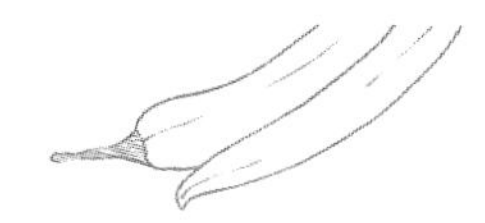
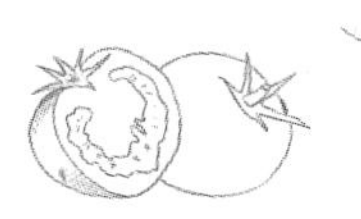

《静物》，马蒂斯绘画

一碗芒果酱

芭尔芭尔·夏玛

《女人们的盛宴与故事》英文版封面

妻子的首要任务，就是喂饱她的丈夫。

——《女人们的盛宴与故事》

当某一些国度的女性早已从厨房迈向了实验室，从灶台前走上了议会的演讲台时，古老土地上仍然有无数的女人，依旧以调制那一碗碗酸辣酱，烘烤一张张薄饼，烹调一锅又一锅的咖喱为占据她们生命时光的唯一职业与至高激情。那些糅合着青芒果的酸楚与红糖的温柔的蘸酱，那些裹着柔软土豆的油酥飞饼，那些或浓烈或清甜的咖喱中，隐藏着无数关于女人们的爱欲与忧伤，失落与迷惘，苦涩与仇恨。

芭尔芭尔·夏玛1952年出生于印度新德里的一个中产家庭。她的工程师父亲给予了聪慧敏感的小女儿像出身良好的男孩们一样接受教育的可能与机会。20世纪70年代，芭尔芭尔进入新德里贾瓦哈拉尔·尼赫鲁大学，选择了俄罗斯语言与文学作为她的专业。在获取本科学位以后，芭尔芭尔只身前往莫斯科国立大学攻读俄罗斯文学硕士。完成学业重新回到印度的夏玛起初选择绘画作为职业，20世纪80年代中期开始进行短篇小说创作。1992年芭尔芭尔的第一部英语小说《姨母们的故事》（*My Sainted Aunts*）在印度出版后立即就引起了本土以及海外的关注。而其之后的众多作品《愤怒的茄子》（*The Anger of Aubergines*，1997）、《女人们的盛宴与故事》（*Eating Women, Telling Tales*，2009）则以其独特的视角和辛辣芬芳的文字，在西欧广受读者的追捧，被翻译成了法语、德语、芬兰语等众多版本。

从德里葱绿花园里走出来的乌发大眼的小女孩，没有像这片土地上世代的女人们一样，将厨房和咖喱作为一生唯一的事业。她和北半球大陆上无数杰出的女性一样，挺起了柔软又坚强的胸膛，用文字和画笔，将女性独特的灵动触角与男性般的深厚犀利混合在一起，讲述着一代代印度女性在沉重的父权社会中，在狭小的厨房天地里，在南亚潮湿的水稻田和青翠的番石榴树下，那酸楚微涩如青芒果般的一生。

《女人们的盛宴与故事》在巴努拉·乔格家宽敞古朴的厨房里铺展开来。巴努拉几年前就从人间飘游到了天上。这个孤独的男人虽然有一个生活在英国的儿子，有一群关系复杂对他的财产极为感兴趣的大婶姑妈，却在去世前选择将偌大的房产和周围的田地一并留给一个和他毫无血缘关系的女人——巴蒂布阿。巴蒂布阿是巴努拉妻子童年时的好友，两个女人多年来并无联络。巴蒂布阿对乔格突然的决定错愕又迷惑。这一天是巴努拉的祭日。自从他去世以后，每年的这天巴蒂布阿都会带领一群和她有着这样那样血缘关系的姐妹，为巴努拉和宾客烹饪一桌丰盛的宴席。八个肤色黝黑的女人，在葱绿的苦瓜、圆润的菜花、短小结实的紫皮茄子的环绕下，在芫荽和罗勒浓烈的香气中，一边麻利地剁着菠菜、搅动着融化的酥油，一边轮流讲述着一个又一个关于她们自己或者其他女人的，温甜酸辣的人生故事。

娜妮是个极为温顺贤淑的女人。她从拥有宽敞明亮的厨房，还请得起好几个用人的殷实娘家，嫁到了灶台上满是油污、室内阴暗狭小的贫贱夫家。出嫁那天，母亲边往她浓密的黑发上插着各色金质的头饰，边在她的耳边絮叨，得让他们知道，我们可不是和他们一样的穷酸人家。夫家对娘家的怨恨，从娜妮进门的那一刻起，就和每天她亲手烹饪的咖喱气味一起，毫无遮掩地笼罩在空气里。丈夫哈里叙在他们婚姻初始的那几年，对娜妮还是温存细致的。那时的哈里叙是腼腆和善的，眼睛里闪烁着年轻的鲜活和跳跃。他看着新婚娇嫩的妻子站在污秽的灶台前，被烟火呛得眼泪汪汪，颤抖着手翻炒着油锅里的黑芥末子，他喊她“我的小麻雀”“我的天鹅”，把“天鹅”柔软的腰肢搂在怀里。哈里叙那个长着尖长鼻子的母亲是无处不在的。她和他们睡在同一间屋子里，如同监狱的看守一般，窥视着他们的每一个手势，捕捉着每一丝气味。沉浸在新婚浪漫中的哈里叙想同妻子亲热的时候，会用手臂轻轻撞她一下，然后两人偷偷地溜到隔壁的卧室中。晚上夫妇俩和老母共处一室，哈里叙在被子下轻抚着娜妮的身体，他喜欢把她的手攥在胸前酣然入梦。

那时候的娜妮是那么努力地想让丈夫爱自己。结婚才三天，她就从婆婆手中接过了婆婆承担了三十年的厨娘角色。清晨天还没亮，娜妮就来到厨房，生起火，用研杵把白豆蔻、生姜、青辣椒一一压碎。甜美的芒果酸奶，滚热的薄饼包咖喱土豆泥，配着红艳的番茄甜酱、纯白的椰子酸酱和青葱的香菜辣酱，被一一端到全家十三口人的面前。婆家虽然有个老用人，但是婆婆从来不准用人帮娜妮的忙。婆婆为自己的婆家煮了三十年的饭，熬了三十年的酱，现在轮到娜妮了。哪怕娜妮家再有钱，这厨房里的轮回也是她无法逃避的宿命。“妻子的首要任务，就是喂饱她的丈夫。”

丈夫与婆婆有着同样的爱好，他们喜欢边大嚼大咽着娜妮端上来的食物，边咒骂她的娘家。哈里叙张着嘴大声嚼着花菜土豆咖喱，嘴边一圈亮黄的油渍，手上沾着烤饼上的酥油，散发着咖喱气味的嘴巴里滔滔不绝地吐出对娜妮娘家的尖刻指责。他咒骂他们的高高在上，他们对他的鄙视，他们作为有钱人的吝啬和虚伪。牙齿撕咬奶油鸡的声响与他辱骂娜妮娘家的句子混合在一起，那是一种咬牙切齿的满足和释放。好像越是尖刻猛烈的攻击咒骂，越是能激起他继续吞咽撕咬的口腹之欲。这一刻的哈里叙既想不起“小麻雀”的柔嫩娇弱，更不记得他牙齿间的每一口肉每一勺汤汁，都出自他不声不响的妻子之手。婆婆用勺子把吸饱了奶水的米饭布丁一口一口地送进嘴里，裹着酥油香气的腰果在她的牙齿下爆裂开来，甜美的葡萄干不时地融化在她干硬的舌头下。娜妮为她准备的温润甜食丝毫没有减弱从她嘴里吐出来的句子的恶毒，她管娜妮的父亲叫“一条脏狗”，她嫌弃娜妮父母的小气，她说他们家其实根本没有钱，富有不过是他们编造的谎言而已。

娜妮的婚姻生活在“小麻雀”和“小天鹅”的甜蜜句子里开启，在一日三餐的煎炸煮炖里继续，在一张张混合着油污的嘴巴和一句句对她家人的辱骂中枯萎凋零。一天又一天，芒果树上的花儿开了又谢，哈里叙的父母和娜妮的父母各自归天，而哈里叙对娜妮一家的仇恨却日益浓烈。每一天每一餐，他都能找到新的内容想出新的语句来咒骂他们——她的父母，她的兄弟，她的姐妹。在咒骂与油黄的咖喱中，昔日眼睛里有腼腆鲜活的哈里叙已经消失不见了，取而代之的是一具沉重疲软的身体。曾经满心只希望赢得丈夫的爱的娜妮，看着眼前这个双眼浑浊的油腻皮囊，依然无声地听着那些咒骂，心里只有一个愿望，就是盼他早点死去。

娜妮照着母亲临死前的指示，用丰腴厚重的美味食物，一步一步地将哈里叙带向死亡之路。“用那些他从来没有拥有过的丰厚和甜美来喂饱他，我的女儿。一直到神决定把他带上路为止。”酥油、奶酪、杏仁、开心果……娜妮浸润着黄油的手游走在一样样人间美味中。她要用最丰美的食物、最慷慨的油脂，一点一点地杀死他。让他的心脏被黄油奶酪填满，让他的血管里流动着红褐的黑糖，让死神的双手在一盆盆咖喱一张张油炸饼里将他慢慢掐死。

“妻子的首要任务，就是喂饱她的丈夫。”娜妮是一个尽职的好妻子。她要喂饱他，一直到他生命中的那最后一次呼吸。

雅弥妮和无数这片土地上的女人一样，是一个普通的家庭主妇。嫁给一个做公务员的男人，生了一个独生儿子，在早上揉面煎饼下午清扫家具灰尘的岁月中，由一个红艳少女变成了头发灰白的迟暮女子。雅弥妮曾经是个乐观风趣的女人，三十多年的婚姻生活也多少是平静幸福的。丈夫曼尼绪是个正直老实的男人。虽然他一辈子没赚什么大钱，退休工资更是微薄得连供养家里那幢大房子的各种开销都不够，可他至少给了雅弥妮稳定的生活，没有这样那样的莺燕故事。雅弥妮的独生儿子巴布老早就离开了印度，在新泽西定居。巴布，那个浓密的棕色睫毛下闪着黝黑大眼睛的小孩，那个曾经一天到晚缠着她跟在她后面喊“妈，妈”的奶气小孩，那个喜欢坐在床上聚精会神读连环画的小孩，那个一口接一口咬着她做的椰子拉杜糖的小孩，那个她一生唯一挚爱的小孩现在已经长成一个高大强壮的男子，和另一个女人住在遥远的国度里。故土的热风与潮湿，贫穷与古旧，父亲母亲陈旧的老房子和闭塞的生活，对他来说都已经是模糊的往日记忆了。

雅弥妮为巴布的到来做着准备。巴布已经五年没有回到父母的老房子了。他和世界上很多的小孩一样，忙碌着他的生活。忙着赚钱，忙着度假，忙着享受世界的精彩与纷繁。他并不是不照顾父母，每个月他都从美国给雅弥妮和曼尼绪寄美金。也幸好有这笔钱，才维持着老房子的各种庞大开支。雅弥妮晓得儿子的挑剔。他总是嫌这幢房子不够干净，每一丝灰尘每一个蜘蛛网都逃不过他的眼睛。巴布喜欢家具被擦得光鲜亮眼，父母家里的暗沉晦涩，常年弥漫着的潮湿气味，让他一想到就心生厌烦。他给他们从美国寄来成箱的清洁剂，只要将这散发着奇怪气味的液体往家具上轻轻一喷，再用抹布一抹，再面目沮丧的桌子椅子都立即变得光彩夺目了。雅弥妮用美国来的清洁剂把家里的角角落落都擦了个遍，一股人造的柠檬气味飘浮在老房子里。这味道不但弄得曼尼绪不停地打喷嚏，连平日四处游窜的壁虎们也都消失得无影无踪。

巴布从机场走出来。一路上他虽然一再告诫自己，别挑剔这批评那的，可两只脚刚踏进到达大厅，他还是忍不住用带点嫌恶的眼神看着眼前的一切。五年，为什么这个国家的一切看起来非但没有任何改善，反而越来越陈旧腐败了？也许是因为他太习惯新大陆的清新明亮了，这片燥热温湿的土地上的一切对他来说都显得缓慢沮丧，连芒果树下的热风都是慵懒缺少活力的。五年，父亲已经从一个中年男人变成一个絮絮叨叨的小老头儿了。母亲呢，从前那个在他眼中活泼风趣的母亲，此时站在他的眼前，像个小老鼠一样胆小安静。雅弥妮在见到儿子的那一刻，其实是想冲上去一把抱住他，把自己对他的思念，重新见到他的喜悦，一并铺展在所有人的眼前的。可她忍住了这样的冲动。儿子已经不像从前那样跟她亲密无间了，他的改变让她变得小心翼翼。

柠檬味的清洁剂和雅弥妮角角落落的清扫，依然没能让老房子的灰尘和衰败逃过巴布的眼睛。他还是发现了蜘蛛网，他还是觉得这把椅子太破，那张桌子旧得都能当古董卖了。他吃着雅弥妮给他一瓣瓣剥下来的橘子，心里盘算着怎么说服母亲让父亲把这幢老房子卖了。当那些吸饱了阳光的橘子在他嘴中融化开来的时候，他有点恼怒地想，妈这样剥下来的橘子真是无与伦比地好吃。只有妈有这个耐心，不但替他把橘子外面的筋一根根剥掉，连里面的籽也都被去除了。这橘子里流淌着的慷慨甜美，是新大陆的橘子里没有的。

雅弥妮站在偌大清冷的厨房里，双手浸在新鲜椰子末、杏仁粉、白豆蔻、牛奶、片糖的混合物中揉捏着。她要为巴布做他最喜欢吃的椰子拉杜糖。她用手捏着一个个雪白浑圆的糖球时，想到巴布小时候有一次吃这糖吃多了，让她不得不到处找消食片给他。她想到儿子一次次黏着她问她要点心吃时的模样：妈，我肚子饿。她端着还微温的椰子糖来到巴布面前，“你还像以前一样喜欢椰子糖吗？”雅弥妮犹豫不绝地问。巴布看了看冒着热气的糖果。离开美国前，女朋友跟他约法三章，他在印度的六个礼拜假期只能长一公斤的体重，他必须严格控制碳水化合物的摄入，胆固醇更是要斤斤计较。巴布在新大陆的这几年，吃的是低碳水化合物的减肥食谱，酥油炸咖喱角、拉杜糖这些东西，对他来说和童年的记忆一样，是遥远模糊的。

母亲小心翼翼地坚持着，尝一个，就那么很小很小的一个。巴布拿起洁白的椰子糖咬下一口，白豆蔻的温婉微辛拥着红糖的甜腻厚重，椰子的淡雅清甜不动声色地弥漫在舌间。他像小时候一样，不知不觉吞下了整个糖球。

雅弥妮平静地狂喜着。她心想，从今天开始，她要每天为巴布做一道他小时候最喜欢的菜。土豆飞饼、菠菜牛肉、芥末子咖喱鱼、乳酪茄子……她要用他小时候热爱的那些滋味，来填满她与他之间的距离，她要用酸甜苦辣的美味把她的儿子重新带回身边。也许那些味道会唤醒巴布变得混沌坚硬的心，也许咖喱烤饼和芒果酱会让他透过尘埃，重新看到她对他忠实不变的母爱。只是，当雅弥妮揉着手里的土豆飞饼时，她突然惊恐万分地意识到，巴布已永远不再是她的小孩了。

巴努拉·乔格人生的最后几年，是在孤独与记忆的空白中度过的。守候了他一生的妻子患病离开了人世。巴努拉每天独自在偌大的房子和花园里踱着步。妻子照顾了他一辈子，像一个忠实的哨兵，守卫着他的平静与安宁。可是当她离开以后，巴努拉尝试着回忆关于她的一切，却什么都想不起来。他总是从早到晚地忙他的工作。他不晓得她是如何度过三十多年的每一天每一个钟点的。他无数次地尝试着揣测，她作为人妻的一个又一个孤单白日是怎样被填满的。可越是揣测，他越是发现，自己对她，原来一无所知。

去世前，他决定把财产留给妻子儿时的好友——巴蒂布阿。也许，这是巴努拉向他的妻子，向无数与他妻子一样的女人，在隐忍与牺牲中度过卑微一生的一种感恩，一种致敬。就这样，每一年他的忌日，有着这样那样忧伤苦涩故事的女人们，都会聚集在他的大厨房里，为他熬上一碗酸楚清甜的芒果酱。

芒果酱，制作者：doushabunbun（小红书号）

芒果甜酸酱

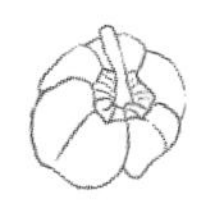
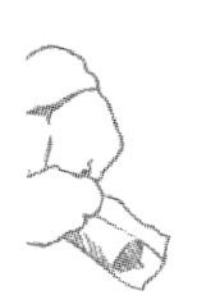

青芒果2个，洋葱1个，酸豆1大勺，红糖40克，孜然粒1小勺，盐适量。

1. 青芒果去皮切丁，洋葱切丝备用。将酸豆放入碗中，加入温水泡20分钟。

2. 用手将泡软的酸豆用力挤出汁水，去除酸豆肉，留汁备用。

3. 把芒果丁、洋葱丝、红糖、孜然粒、酸豆汁全部放入锅内，大火煮开后调小火慢炖25分钟。最后用适量盐调味，将熬好的甜酸酱装入已消毒的玻璃瓶，放冰箱保存。

芒果甜酸酱最适合配各种印度飞饼、薄饼食用。

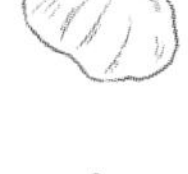

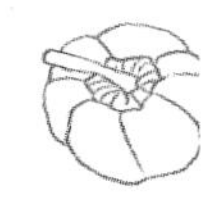

远大生活

和

法式脆先生

勒克莱齐奥

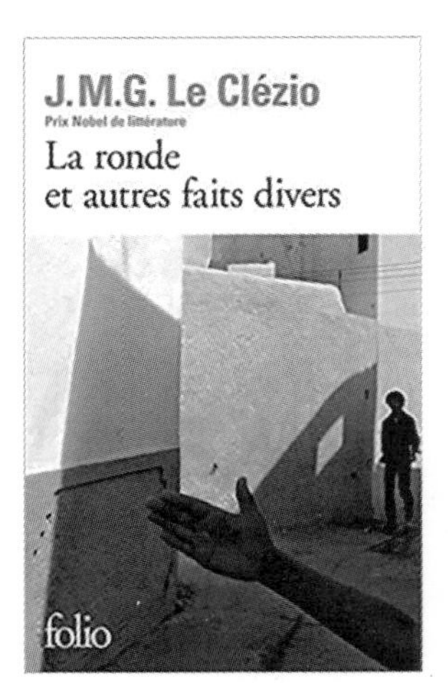

《飙车以及其他社会新闻》
法文版封面

她看着点点倔强的脸庞，对接下来即将发生的一切，想都不愿意想。灰尘弥漫的走廊上漫长的等待，阴沉牢房里昏暗的白日，此刻都无法占据她的思绪。她心里唯一惦念牵挂着的，是何时她们能再次出发，远行，上路。而这一次，她们永远都不会再回来。

——《远大生活》[1]

有一种灵魂，奔向宽广与未知，是它与生俱来的直觉。有一种心灵，追寻存在的丰满与绚丽多样，是它无法抑制的欲望。

他的旅途，从七岁那年向尼日利亚驶去的一艘轮船起航开始，平凡又传奇地拉开了序幕。苍茫幽蓝的海洋上，孤独狭小的船舱里，敏感好奇的男孩开始了

---

1 《远大生活》（*La Grande vie*），法国作家让-马里·古斯塔夫·勒克莱齐奥（Jean-Marie Gustave Le Clézio）的短篇小说，1982 年由法国伽里玛出版社出版，收录在作者的短篇小说集《飙车以及其他社会新闻》（*La ronde et autres faits divers*）中。本文所有法语原文翻译均出自本书作者之手。使用的法语版本为：J. M. G Le Clézio，*La Ronde et autres faits divers*, Paris, Gallimard，1990。这段引文出自该版本第 191 页。

人生第一场漂流，写下了人生第一篇文字。陌生的国度，神秘的人群，远方的气味与颜色，世界的宏大和难以触及，也许都在这人生第一场远行中，向他揭开了撩人的面纱。它们向他展示着空间的广阔无垠，精神的浪漫飘逸，他人的多彩与宽容。它们将自己的面孔气质植根于他的文字书写中，它们启发养育着他手中的那支笔。而他，则将世界的慷慨给予，将他与它们的交汇相遇，变成了一个又一个或斑斓或黯淡的动人故事。这个有着宽大额头和远大梦想的普通男孩叫作勒克莱齐奥。多年以后，他坐着由文学和旅行搭建起来的一艘梦幻又脆弱的小船，在大洲大洋间探险飞翔，在存在的路途中品尝体味。

从甜美慵懒的普罗旺斯，到阴冷厚重的伦敦，从缤纷古老的尤卡坦半岛，到干燥空旷的阿尔伯克基，从繁忙炽热的曼谷到高贵痛苦的佩特拉，他在行走中令书写变得广阔，他在书写中令行走变得意义非凡。他在流浪和讲述中尝试看清楚被灰尘遮掩起来的心灵的真实面目；他在凝视世界与勾勒人生时，企图让人们看到梦想那张有点羞怯又矜贵柔弱的脸孔。

他对异域的好奇与激情，既沿袭着欧洲大陆人文旅行的传统，又拥有属于他那个年代独特的关怀与民主色彩。他并非如同前人一样，天真地停留在描绘勾勒跳肚皮舞的阿拉伯女人或者戴头巾的土耳其男人的层面上。他在漂流中看到了天主教文明失落已久的原始生命力。这些顽强、坚韧、清新又柔软的力量，或许正是拯救日益衰落的西欧文明的全新动力；然而令人苦涩无奈的是，哪怕再鲜活饱满的异教徒生命最终也都无法逃避地被这样那样的痛苦压迫着。世界和异域的面貌尽可以多彩纷呈，存在与个体却依然无法逃避大同小异的悲惨宿命。因为他敏锐的目光犀利的审视，行走在他的笔下的不仅仅是色彩艳丽的景致铺展，更远非绵软无力的情调讲述。旅行是他追寻理想与空灵存在的手段，流浪是他关注卑微灵魂渺小生命的过程。他在不断出走的远大生活中，探寻着令所有人生得以片刻挣脱琐碎灰白境遇的狭窄出口。

远大生活是他的人生信条。它在冥冥中指引着他，从印度洋上的热带小岛走到了北欧的诺贝尔面前。远大生活更是他馈赠给小小和点点的奢华礼物。它引领着她们走向宽阔，品尝活着的浓烈滋味，在狂奔与晚风中与自己的灵魂相知相会。

小小和点点的真名，叫作克里斯黛拉和克里斯黛拉。她们长着如两颗水滴一般相似的脸孔。为了不把形影不离的克里斯黛拉和克里斯黛拉混淆，人们管她们叫小小和点点。她们真是长得不太大，瘦瘦小小的胳膊，瘦瘦小小的腿，棕色的脸上闪着一对棕色的眼睛。因为孩童一样的个子，脸庞上随时显现出的灵动又自发的神情，还有她们遍地挥洒下的铃铛一般的笑声，十九岁的克里斯黛拉们虽然没有温婉芬芳的女人情调，却浑身上下冒着鲜活清新的青春的气泡。

小小和点点与她们的妈妈珍妮娜住在一起。珍妮娜不是她们的亲生母亲。把失去了母亲的小小带回家以后没多久，珍妮娜又从社工那里领回了点点。没有结婚没有小孩的珍妮娜做着一份超市收银员的工作，小小和点点变成了她的家人，郊区的平民楼房是她们共同的家。只是两个小女孩对寡淡无味、灰色乏味的郊区生活从来都是不满足的。层出不穷的鬼点子和恶作剧，是两个小丫头童年岁月的激情所在。按下一家一家的门铃再飞快地拔腿逃跑，把杜邦先生的名字换到马克夏尔女士的信箱上，三天两头地把邻居们胀鼓鼓的自行车轮胎变得软塌塌的……长到十六岁，在往校长脑门上扔下了一个生鸡蛋以后，小小和点点带着铃铛一样的笑声离开了学校。她们就这样不可分离地谱写着不平凡的青葱人生，酝酿着有一天也许即将到来的远大生活。

珍妮娜把铃铛女孩们送去学缝纫。还有什么比缝缝补补的针线活，更能让飞扬不羁的灵魂变得脚踏实地安稳实在呢？只是，小小和点点是从来没法在一家缝纫厂待上超过两个月的时间的。一个星期五天的缝纫生活，朝九晚五缝口袋钉纽扣。上班迟到的、工作时间随便讲话的、未经允许任意走动的都会遭到经理的罚款：二十法郎、三十法郎甚至五十法郎。然而机器人一样枯燥重复的手势节奏，非但没有令她们铃铛一样的笑声失去色彩，反而让她们越发拥有了做梦的热望和飞入云霄的冲动。每天二十分钟的午餐休息时间，变成了小小和点点讲述她们奇遇旅行的时刻。她们一遍又一遍地设想着那幅远大生活的画面。冰冷的机械嘈杂的车间被狠狠地抛在了身后，克里斯黛拉们像两个亚马孙女战士一样，穿越行走在世界。印度、巴厘岛、加利福尼亚，罗马、希腊、君士坦丁堡，那些她们只在电视上看到过的地方，全都出现在了想象中的行走路线上。开始的时候，这些讲述只是一个游戏。她们在幻想的旅途中逃避着车间的枯燥和郊区生活的乏味。慢慢地，在一遍遍色彩斑斓的画面铺展中，那向着远方奔跑而去的旅途似乎变得越来越真实，它们好像近在咫尺。如果她们真的就这样背起行囊向着某个未知的目的地流浪而去？如果那么普通的小小和点点真的能站到罗马和希腊的土地上去？如果平凡如她们，也同样有可能品尝存在的激荡浓烈的滋味？

小小和点点知道，如果她们只是日复一日地梦想着，那么终有一天铃铛女孩们会在琐碎晦暗遗憾不满足中走到衰老乏味甚至尖酸阴暗的那一边。

小小和点点于是在一个下雨的三月天，带着最简单的行李包，买了开往蒙特卡罗的火车票，离开了她们的工人新村。

远大生活的柔软轻盈，甜美灵动，爽滑辛辣，简单惬意，被一样接着一样地摆在盘中，端到了小小和点点的面前。

空旷燥热的车厢里，两双棕色的眼睛饥渴地追随着窗外飞驰而过的每一棵树，每一座山，每一个湖。十九岁的小小和点点从来没有看过地中海的碧蓝，也不晓得普罗旺斯的山干涩的苍劲和青绿的温柔。她们习惯的世界里只有工人新村阴郁的灰影和车间明晃的白光。眼前的海，远方的丘陵，盘旋在低空的海鸥，悠闲行走的人群，让很小很小的小小和点点忘记了她们昨天的乏味和单调，今天的渺小与一无所有。她们痴迷地幻想着，自己如何像神一样行走在光滑如镜的海面上，像山鸟一样飞翔穿梭在粗犷的群山间。那种画面，叫作自由。

小小和点点住进了蒙特卡罗一家精致考究的酒店。那是个华灯闪烁，明媚的女人挽着优雅的男人巧笑轻谈漫步出入的地方。小小和点点要了一间“有一张大床、能看见海的房间”。她们老早就在头脑里设想好，这天晚上她们要面朝大海，轻饮香槟，伴着满桌的龙虾、生鱼片和其他海鲜。买了火车票，坐了出租车以后，她们口袋里剩下的钞票是很少很少的。可是，钞票的多少怎么能阻止人们奔向远大生活的愿望呢？

两个穿着天蓝色运动衫的女孩，混迹在人头攒动的奢华中，没有人注意到她们的不谐调。走进房间里，这样宽敞明亮的卧室，这样慵懒醉人的阳台，被眼前温柔平静的地中海衬托着。她们在疯笑叫闹中高歌狂舞。虽然已经过了厨房烹饪龙虾海鲜的时间，可点点还是叫来了冰凉的香槟和滚热的脆先生三明治。穿着黑色西装戴着白色手套的服务生，把银光闪闪放着食物的小推车推到她们的面前："祝你们好胃口！"细长酒杯里不停升腾跳跃着的气泡，轻盈无忧地点缀着小小和点点铃铛一样的笑声。三明治金黄香脆的外壳散发着牛油勾人魂魄的香气，两片面包间夹裹着的醇厚白酱和肥美巴黎火腿像情人拥吻一般紧贴着，温存慷慨地抚慰着小女孩们干枯饥涩的味蕾。三月地中海清冷的晚风里，坐在阳台上的两个缝纫女工，在香槟的气泡和三明治的包裹下，飘飘然地飞上了天。

第二天和接下来的好多天，小小和点点就这样幸福地像泡泡一样飘荡着。清晨坐在阳台上，望着孤独的太阳从海上慢慢升起，任由银色的海鸥从耳边擦过，把嘴唇轻轻地浸在清冷的香槟里，让气泡挠得双唇麻麻发痒。游荡在蒙特卡罗的港口边，望着眼前一艘艘的轮船，想象着坐上它们驶向埃及、希腊、土耳其，被海上的狂风吹得睁不开眼睛的模样。走累了，下雨了，就再回到旅馆，叫一桌龙虾牡蛎，配上水果蛋糕，喝上几口柠檬水。

当酒店里优雅的男人女人们开始用有点奇怪的眼神打量小小和点点的时候，她们明白到了该离开的时候了。一个阳光明媚的早晨，点点装作去散步的样子走到了花园里，小小从楼上把旅行袋扔给她。两人在城里的某条街道上会合。她们用扔硬币的方法挑选出了下一个目的地：意大利。

搭着陌生人的车，两个天蓝色的娇小身影辗转游走在一个又一个陌生的城市里。夕阳抚摸下的静谧树林，灰蓝海水边的潮湿岩石，小小和点点像两只出走的野猫，轻快又漫不经心地四处观望与流浪。肚子饿了，就趁人不注意在杂货店偷几个青苹果。走得累了，就找家不起眼的小酒店歇上一夜，第二天再像两缕白烟一般地消散隐灭……坐在早春湿冷的大海边，望着脚下吞吐的咸腥泡沫，两人一声不响地啃着手里的青苹果。离开和忘记，一切重来和焕然一新是件多么容易的事情。因为这海上的风，头上的云，眼前的光，晦暗的现实顿时离得那么远，轰隆作响的车间和岁岁年年的重复好像从来没有存在过。活着如同手中的那只青苹果，爽脆多汁明亮清甜。

两人从商店里顺手牵羊拿了崭新的衣裤鞋帽，从天蓝变成了纯白。为了不惹人怀疑，她们把唯一的旅行袋也抛弃在了路边的垃圾桶里。小小用近乎孩童的声音问点点，我们去威尼斯好吗？我们一定会到威尼斯去的对不对？好像这个叫威尼斯的地方是世界的尽头，一切传奇梦幻和宏伟遐想的完美化身。

焕然一新的小小和点点搭着陌生男人的车，向着热那亚湾畔清幽美丽的阿拉西奥驶去。车主是个开着白色阿尔法·罗密欧，闪着一双锐利的蓝眼睛，满脸大胡子的意大利人。男人一张口说起他蹩脚的法语，小小和点点就畅怀大笑起来。夕阳挂上蓝天的时候，男人载着她们来到了阿拉西奥。满大街喧嚣奔驰着的伟士牌摩托车，街道上、人行道边用手激情比画着大声叽里呱啦讲话的人们，小小和点点从来没有见过那么多的色彩，那么多热烈的街道和那么多热情澎湃的人。她们睁大了棕色的眼睛，却还是来不及捕捉这浸润在满足与沉醉中的生命气息。男人领着她们走到一家咖啡馆的露天座前，跟服务生叽里呱啦说了几句。服务生给男人端来了很小很小的一杯黑咖啡，把两只巨大的装着冰激凌、淋着奶油和融化巧克力的杯子放到了小小和点点的面前。克里斯黛拉们看着眼前柔软洁白堆得如小山一般的冰激凌，开心得叫了起来。铃铛一样的笑声引得周围的客人都转过头来望着她们。

那注视里写满了友好与善意，他们甚至和女孩们一起笑意盈盈起来。还有什么快乐比眼前这场景更真实纯粹又饱满浓烈呢？

杯子里的奶油巧克力冰激凌，融化着小小和点点早已习惯了的坚硬空洞少有灵感的乏味生活。这一杯最普通的甜美，这一路最平凡的相遇，却也是两个小女工人生中从未经历体验过的绚丽璀璨，激荡燃烧。

在黄沙与野风中奔向自由的畅快旅行，常常是戛然而止的。春日温热的利古里亚，刚刚咽下陌生男孩递来的面包和橙子的小小点点，被穿着制服的法国警察带进了拘留所昏黑阴暗的走廊。仓皇的脸孔上闪动着的，是那两双渴望再次起航飞向自由的棕色眼睛。

奶油冰激凌的甜蜜柔软，青苹果的酸涩爽脆，香槟的微苦轻盈，脆先生的馥郁饱满，让小小和点点第一次在飞奔流浪与疯狂出走中品尝到了人生的尽兴滋味。彻底痛快地活，不顾一切地追逐，毫无保留地给予，游走世界的梦想，一切离她们原本贫瘠的缝纫女工生活如此遥远的幻想，都在这场远大生活中得到了实现。也许后院中再平凡的鸭子，也本能地隐藏着展翅高飞的愿望；也许人群中最渺小的生命，也暗自向往着让灵魂飘逸飞扬起来的自由人生。

在一切都还没有变得太晚，在心灵还没有被尖酸阴暗腐蚀得千疮百孔以前，背起行囊恣意奔向你我的远大生活吧。任凭狂风吹打着脸庞，任凭艳阳侵袭着皮肤，在那不停息的奔跑行走中，让生命被世间各种激情滋味充盈占据拥抱着。

如果此时的你正行走在一场奢华的远大生活中，那么你或许可以把冰凉的香槟和刚出锅的脆先生当作停歇中的小食。

假如此时的你正行走在艰苦而条件简陋的路途上，那么你也可以像小小和点点一样，在灰蓝的大海边或者静谧的树林中找一个角落坐下来，剥一只橙子啃一口面包，抚慰你饥渴疲倦的味蕾。

法式脆先生，制作者：doushabunbun（小红书号）

法式脆先生
（2人份，平底锅版）

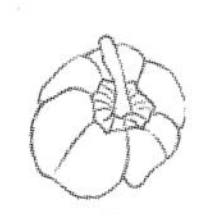
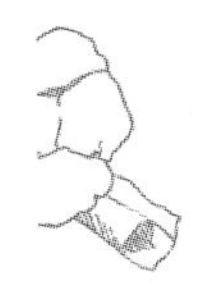

吐司面包4片，巴黎火腿2片，牛油50克，瑞士格鲁耶尔芝士2片。

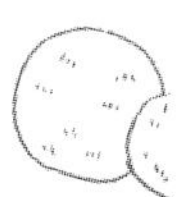

白酱材料：牛奶50毫升，面粉5克，牛油5克，盐、胡椒适量。

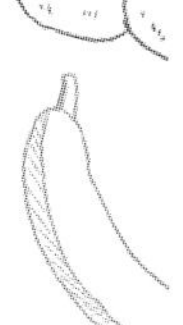

1. 先准备白酱。将牛油放入一个小锅中，中火加热至融化。倒入面粉，边加入边不停搅拌。转小火煮2分钟，中间要不停搅拌防止面粉结块。慢慢加入牛奶，继续搅拌并小火煮至浓稠（此过程大约需要5—10分钟）。用适量盐和胡椒调味，备用。

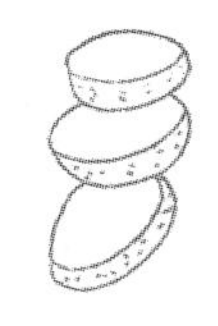

2. 取20克牛油分别涂在4片面包上。在其中2片面包上摆上1片火腿片、1片芝士，均匀地抹上白酱，盖上另外1片面包。

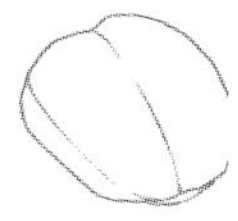

3. 取平底锅烧热，加入剩下的牛油，摆入组合完毕的三明治，中小火每面煎8—10分钟，至三明治里的乳酪刚刚融化，两面呈金黄色即可。

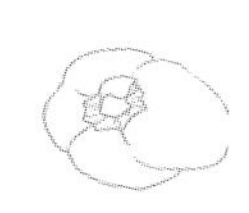

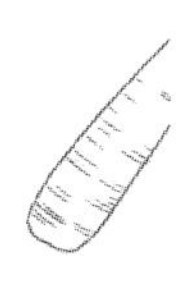

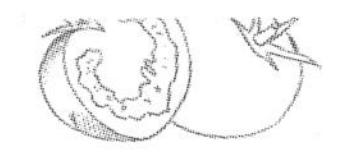

艾兰杜尔探长
的
肉桂奶油挞

阿诺德·英德里达松

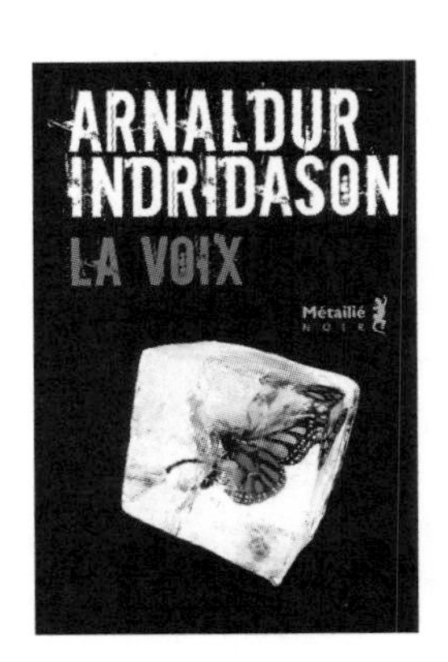

《声音》法文版封面

哦，寒冬忽然就降临了，

我是在哪里，鲜花与阳光又逃逸去了何方？

难道是那阴影让大地变得清冷？

城墙冰冷无声地回响着，

风标在狂风中吱呀作响。

——荷尔德林《生命的中央》

冰岛，一个位于大西洋北部，介于格陵兰与苏格兰之间的岛国，在它沉寂的火山与烟雾缭绕的蓝湖的陪伴下，在斯堪的纳维亚神话与萨迦故事的悲壮讲述中，向人们展示着令人浮想联翩的神秘面孔。这个矗立在寒冷北方的小小岛国，在杂乱混沌的现代世界中，带着它古老却与生俱来的创新气质，兼容着浪漫与实际的灵魂，开创行走着一条属于它自己的、特别的清幽之路。它虽然在现代深受英美文化的影响，并曾以英美社会的经济结构为自身发展的模本，但它却从未抛弃过扎根于斯堪的纳维亚这片土地的，对自然灵性与异教[1]的膜拜，对荒野原始的怀念，以及这片土地上

1 Paganism，这个词从公元6世纪以来被天主教徒使用，用来指非天主教与犹太教的人群与文化。

坚硬的山水与险峻的高峰所铸造的，人在面对生命与存在时，那始终带着些灰暗与悲壮的艺术视野。

为我们讲故事的人叫作阿诺德·英德里达松[1]。阿诺德 1961 年出生于冰岛首都雷克雅未克。在冰岛大学获得历史学本科学位以后，他成为一名独立剧作者。1997 年阿诺德出版的第一本侦探犯罪小说 *Synirduftsins*（直译为《灰尘之子》），被认为是一部掀起了冰岛现代侦探小说创作潮流的作品。阿诺德创作的十多部作品，在冰岛本土获得了巨大的成功，令他成为雷克雅未克市立图书馆作品借阅次数最多的一位作家，他也同史迪格·拉森[2]、卡米娅·拉克贝格[3]等作家一起，在整个西方掀起了一股北欧侦探犯罪小说的浪潮。

作为世界上犯罪率最低的国家之一，谋杀与其他恶性犯罪案件在冰岛的发生率几乎是零。缺少真实的

---

1 阿诺德·英德里达松（Arnaldur Indridason），出生于 1961 年，冰岛著名犯罪侦探小说作家，作品已经被翻译成多国语言在 26 个国家出版，是近年最受欢迎的北欧侦探小说家之一。他的某些作品的中文版由人民文学出版社引进出版。本篇讲述的《声音》是他出版于 2002 年的作品，所参考的版本为 2007 年由法国 Editions Métailié 出版社翻译出版的法语版。

2 史迪格·拉森（Karl Stig-Erland Larsson，1954—2004），瑞典著名畅销小说作家，《千禧年三部曲》的作者。

3 卡米娅·拉克贝格（Camilla Läckberg），出生于 1974 年，瑞典犯罪小说作家。

社会根基与素材，加之民众长期生活在极为安全的氛围中，因而在冰岛形成了一种近乎乌托邦的、简单天真的社会视角。这些原因令当代以犯罪为主题的小说创作一直到20世纪90年代以前都并未在冰岛得到真正的发展与关注。阿诺德·英德里达松之所以在冰岛以及整个西方成功地俘获了如此众多的读者，除了他讲述故事的高超能力与技巧以外，也许更重要的原因在于，他透过犯罪、侦查、谜团的破解，挖掘到了人类存在中无法避免又没有出路的生存困境与痛苦。这些痛苦与腐朽，无论是在阳光明媚的旧金山还是终年清冷的雷克雅未克，无论是在安逸富饶的北欧大陆还是战乱频仍的中东，都以同样的方式顽固又不懈地折磨着人们的灵魂。

阿诺德也与其他当代北欧重要的犯罪侦探小说作者一样，将犯罪与美味，像一对连体姐妹一般地，放入了他灰暗沉重的想象世界。一边是北欧明亮厨房中散发出的温暖厚重的肉桂面包卷的气味，一边是冰冷湖水中漂荡浮动着的孤独尸骨；一边是女警探锅中煨炖着的鲜红娇艳的蔓越莓酱汁，一边是穿着大红圣诞老人外套死在地下室里的酒店保安。餐桌上散发出的令人暖心的食物气味，与死亡角落中的阴郁焦虑，就这样面对面不出声地对立着。食物填补着死亡带来的空白，让生存与日常点滴显得不那么狰狞可憎；在吞咽咀嚼中，被人性的罪恶与丑陋终日包围着的警探们，仿佛找到了一帖灵魂的安慰剂；在这个充满痛楚与危机的人的世界里，盘子里一块柔软甜蜜的奶油派，如同人心中隐约闪动着的那点救赎与逃脱的本能。

故事发生在圣诞夜前的五天，冰岛首都雷克雅未克市一座高档旅馆的地下室中。旅馆里扮圣诞老人的员工古德朗格被发现死在了他住了二十年的地下室房间里。他穿着红色的圣诞老人服，头上戴着帽子，脸上还贴着雪白的假胡子。男人的裤子是被脱下来的，垂荡下来的阴茎上套着避孕套。他是在性行为过程中被人用刀捅死的，致命的伤口在心脏处。房间里除了简单的衣物、鞋子、报纸杂志，少有其他的私人物品，唯一的装饰是一张挂在墙头的秀兰·邓波儿在《小公主》里的剧照。古德朗格将近五十岁，在这家旅馆做了二十多年的门卫，每年圣诞节期间由他装扮成圣诞老人，为酒店的客人们表演助兴。他没有朋友，在酒店也从未有过相处不来的“对头”，二十多年悄无声息地在不见天日的地下室安生度日。

在这样的时机发生这样的案件，对所有的人来说都是极其不合时宜的。圣诞节期间是酒店外国客人入住的高峰，那些对北国、雪景、梦幻的圣诞气氛充满幻想的美国人欧洲人，不惜花重金挑这个季节来冰岛旅游。而作为一家声誉良好的高档酒店，无论如何都不希望与“谋杀”这个词发生任何的关联。

除了酒店的经理把调查看作烫手的山芋以外，女警探艾琳伯格也是如此。作为职业的警探业余的厨师，一年当中再没有比圣诞节更重要的节日了。艾琳伯格不想在这个挤满了外国游客的酒店多待一分钟，一过下午五点，她唯一的念头就是立即回到她明亮宽敞的厨房。圣诞节对她来说是意义重大的。每年这个时候，她都要用树枝和各种装饰把家里精心地装扮一番；烤一大堆各种口味的精致饼干，然后装到特百惠的盒子里，一一贴上标签。她准备的圣诞晚餐是如此美味，不但让她的家人每次边享用边发出各种赞叹声，就连邻居朋友都对她的厨艺啧啧称绝。艾琳伯格家每年圣诞夜的主菜是瑞典式烤乳猪腿，猪腿在阳台上得事先腌制整整十二个日夜。艾琳伯格不是个拿圣诞节开玩笑的人，这是一个事关救世主诞生、家人、瑞典烤猪腿和肉桂曲奇的日子。

在这个特别的时期，依然对办案孜孜不倦的，只有探长艾兰杜尔。他对“节日”“团聚”“家人”这些词都是丝毫不敏感的，圣诞节对他来说也是没有意义的。这个年过半百的单身男人多年前与妻子结束了婚姻，两个小孩在破碎的家庭中，一个变成了与毒品为伴的瘾君子，另一个在游荡辗转中消磨人生。艾兰杜尔对孩子这样的人生满怀歉疚，但又无能为力，他好像老早就已经失去了爱和给予的能力，无论是对婚姻还是对小孩。生命对他来说，存在着一片巨大的空白。而这片空白，他只能用一桩又一桩以不同的方式讲述着人性相同的丑陋罪恶的案件来填补。这一年的圣诞夜对他来说，不过是生命中又一个空荡苍白的日子。与其坐在他颓丧的公寓里一个人喝荨麻酒，不如就住到案发的酒店里去，方便办案。艾兰杜尔的人生有两个激情：一个是办案，一个是吃。

探长艾兰杜尔的调查就在酒店丰盛的自助餐台前铺展开来了。圣诞节期间的自助餐是丰盛奢华充满北欧情调的。烟熏大西洋鲱鱼、刺柏熏羊肉、苹果茴香烤蹄髈、辣味牛舌、芦笋炖咸鳕鱼，慷慨热烈的主菜让房间外冰天雪地的世界显得好像也没有那么坚硬顽固了；奶油挞佐浆果汁、华夫饼配蓝莓果酱、酒渍樱桃熔岩蛋糕、苹果肉桂圣诞布丁、葡萄干牛油面包卷，北方的甜点沉稳厚重，柔软甜美中又总是透着几丝忧郁，它提醒着你冬季的存在与它的沉重。艾兰杜尔踱着步子、拿着盘子游走在一排一排的食物间。在咽下每一口食物、喝下每一口咖啡时，在打开每一扇房门和窗户时，在厨师的菜刀下、洗衣女工的馅料中，他将死掉的那个圣诞老人身上的秘密，抽丝剥茧般一层一层地剥了下来。

古德朗格在这间酒店里的确是没有什么敌人的。他是一个温和慈善、四平八稳、没有棱角更无人关注的普通先生。从二十多岁到酒店工作以来，他一直就住在这个不见阳光的地下室里。酒店的经理说，当初是他主动要求这么一间小屋子的，这些年他住在里面，既没有访客，每逢假期也从不离开。这就是为什么酒店将扮演圣诞老人的任务交给了他，因为他从来不和家人朋友共度圣诞。然而这个看似与任何事任何人都没有关联的中年男人却恰恰是有家人的——他有父亲与姐姐。艾兰杜尔把古德朗格的父亲与姐姐请来了酒店，那是一个坐在轮椅上脸色冷峻坚硬的老头儿，以及一个长着鹰钩鼻子干瘦僵硬的女人。他们脸上的那种冷漠，对死去至亲的无动于衷，无论是酒店餐厅里燃烧着的炉火，还是芳香流油的烤蹄髈，都无法将其软化点燃。双腿无法行走的父亲在听到死去儿子的名字时，脸上是毫无表情的，好像那个名字跟他没有任何的关系。而凸耸着鹰钩鼻的姐姐，对于探长的各种问题，则显得极度不耐烦。她一再向艾兰杜尔重申，他们多年来同她弟弟从来没有任何的联络，更不希望他的死搅乱他们平静的生活。

艾兰杜尔坐在吧台里，他不顾酒店内部不准吸烟的规定，一边抽着香烟，一边咽下一口辛辣的荨麻酒。在升腾着的烟雾里，他回想着古德朗格房间里贴着的秀兰·邓波儿的海报和轮椅上老头儿那一脸的坚硬。古德朗格出于什么原因在多年前离开了父亲与姐姐？秀兰·邓波儿的《小公主》是不是有什么特别的含义或者象征？是什么样的经历，什么样的错误，什么样的命运，让骨肉血亲之间除了仇恨与漠然，没有丝毫的温情与依恋？

艾兰杜尔住的客房，暖气出了故障，房间里冰冷一片。他站在窗前望着雷克雅未克冷清的夜景，女儿艾娃坐在床上。雷克雅未克的街景总是寂寞的，无论春夏秋冬；艾娃的情绪也总是恶劣的，无论春夏秋冬。这个出入戒毒所与警察局如同家常便饭的年轻女人坐在那里，蜷着枯瘦的身体对父亲说，我不知道还能不能受得了。受得了什么？这狗屎一样的生活。艾娃没有工作，游荡吸毒，头脑不清地混迹大街就是她的生活。不久前她因为小产差点送命，肚子里死掉的婴儿是她唯一的希望。她原本想把孩子生下来以后好好过日子的。小产的原因是毒品和营养不良。

狗屎一样的生活不仅仅是属于艾娃的。艾兰杜尔站在窗前看着外面对艾娃说，他曾经有一个弟弟。多年前的一个圣诞前夕，他和弟弟在山上遇到了暴风雪。救援的人们在几天几夜的找寻后，发现了艾兰杜尔，而弟弟则随着北国的狂风再也不见了踪影。那一年的圣诞节，父亲母亲是在日夜的找寻呼喊中度过的。而艾兰杜尔则躺在病床上，灵魂中的那片空白也许就是从那一刻开始，慢慢扩张占据着他的生命。

艾琳伯格被圣诞老人的案子一晚又一晚地困在酒店里。家里阳台上正在腌着的乳猪腿虽然让她牵挂，但无意中发现的酒店里的一位英国客人——亨利·沃特夏普同古德朗格之间的关联，到底还是让她职业警探的神经感到很兴奋。亨利告诉警方，古德朗格童年时是一个天才男高音，当年他录制的一张唱片如今成为收藏家们的抢手货，而亨利正是为了这价值连城的绝版唱片从英国跑来了冰岛。装扮成圣诞老人惨死在地下室的男人，也许曾经是如同秀兰·邓波儿一般闪烁的明星。

是的，这是一个充满了人生的残酷与不堪、无奈与悲哀的故事。比这个故事更加不幸的是，相同的命运与错误，相同的愚蠢与困境，每一天每一刻在世界的每一个角落重复上演着。

古德朗格，一个没有人会多看他一眼的男人，曾经是让整个冰岛兴奋欢呼的儿童男高音。他的嗓音纯净如天籁，动人如夜莺。中年丧妇的父亲本来就有着严厉的性格，命运的变故令他的心灵变得越发坚硬，丧失了一切的柔软与慈爱。他年少时的梦想是成为一名歌唱家，只是上帝从来没有将儿子那样天使的声音给予过他。于是这个生命中充满了情感上事业上空白的中年男人，将他所有的希望与憧憬，对人生的不满足与压抑，全体转加到了十三岁的儿子身上。古德朗格是没有童年的。他的童年在练声唱歌责骂吼叫中度过。任何的课余时间，他都不被允许踏出家门，像其他小孩一样飞奔在北国阴冷的天空下。因为在父亲的眼中，他不是一般的小孩，他是为歌唱而生的，他是为维也纳儿童合唱团而生的，他是未来的秀兰·邓波儿。古德朗格的姐姐也是没有童年的。她的童年用来陪伴照料弟弟，陪衬弟弟的存在。无论她如何努力，父亲一切的注意力都在弟弟的身上。于是在失落伤心与嫉妒的养育中，年轻的女孩早早地就露出了尖利的鹰钩鼻。

古德朗格十三岁时就录制了唱片，还受到了国外乐团的邀请到北欧各国进行巡演。当他天使般的嗓音即将乘风飞上天堂的时候，当他站在舞台上第一次进行大型公开表演的时候，天使的翅膀却“咔嚓”一声折断了——提前到来的变声期令他天籁般的嗓音荡然无存。

固执且充满了信仰的父亲并不打算就此放弃。他带着他探访冰岛和国外的名医、名师，他让古德朗格学习新的技巧一切从头开始。只是渐渐走向青年的男孩，不但再也无法重新拾回昔日上帝赐予他的嗓音，更可怕的是，他发觉自己从来没有真正地喜欢、热爱过歌唱。那不过是父亲强加在他身上的一个虚幻的追逐而已。个人独立意志的苏醒与日益清晰，令父子之间的冲突越来越激烈。一直到古德朗格向家人承认自己的同性恋倾向，一直到在父亲的暴怒与斥责下，他失手将父亲从楼梯上推了下去。

没有了任何憧憬再也站不起来的父亲，从此将阴郁与冷漠变成了他的外衣。从来没有得到过爱的姐姐在晦暗的岁月中，鹰钩鼻变得越来越长。没有了天使的声音的古德朗格，唯一能做的就是到一家酒店去当门卫。酒店洗衣女工在自己的弟弟与古德朗格的性交易过程中，发现了亨利·沃特夏普支付给圣诞老人的巨额现金——用来买他的绝版唱片的，在贪婪与仇恨的驱使下，她拿起刀捅死了他。

平安夜，艾兰杜尔独自坐在酒店的餐厅里，室内一遍遍回放着欢愉的圣诞歌。他用叉子把一块肉桂奶油挞送进嘴里，饮下了一口黑咖啡。伴随着奶油挞的肥美，探长的耳边回荡起古德朗格天使般的吟唱：“哦，上帝，请让我短暂地存在，拥有片刻的火焰与燃烧吧。”

艾兰杜尔探长的肉桂奶油挞

（8 人份）

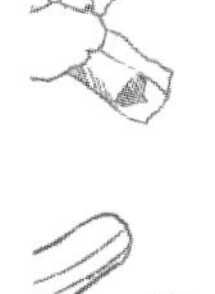
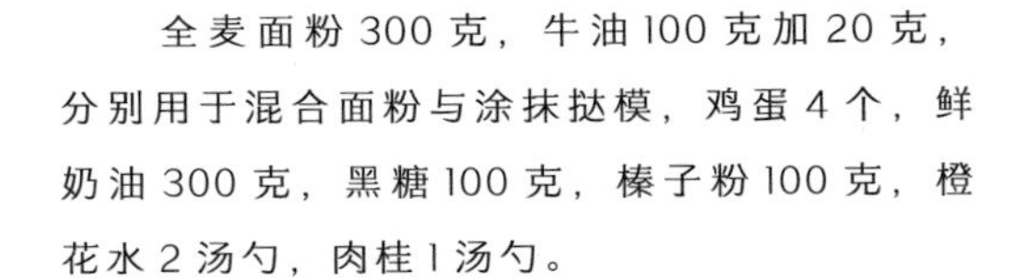

全麦面粉 300 克，牛油 100 克加 20 克，分别用于混合面粉与涂抹挞模，鸡蛋 4 个，鲜奶油 300 克，黑糖 100 克，榛子粉 100 克，橙花水 2 汤勺，肉桂 1 汤勺。

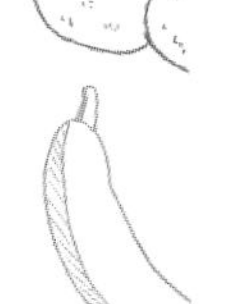

1. 把面粉、肉桂粉倒入一个大碗，混合均匀。牛油加热融化后加入面粉，加入一个鸡蛋与适量水（150 毫升左右），揉到成团后，裹上保鲜膜，放入冰箱至少冷藏一个小时。

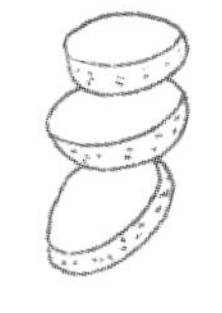

2. 取 24 厘米圆形派模具，擦上融化的牛油防止粘连，压入派皮，放入冰箱冷藏至少半小时。

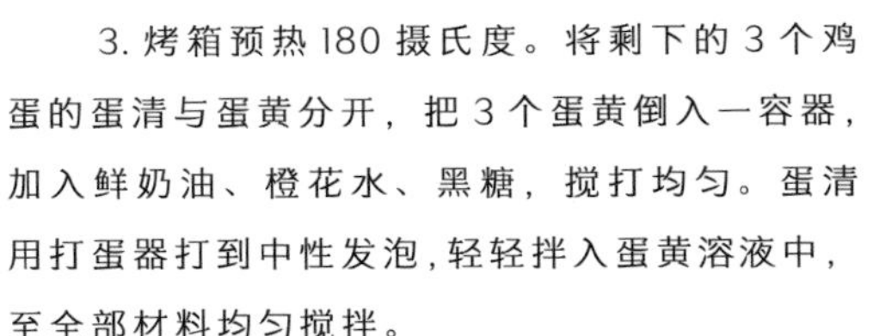

3. 烤箱预热 180 摄氏度。将剩下的 3 个鸡蛋的蛋清与蛋黄分开，把 3 个蛋黄倒入一容器，加入鲜奶油、橙花水、黑糖，搅打均匀。蛋清用打蛋器打到中性发泡，轻轻拌入蛋黄溶液中，至全部材料均匀搅拌。

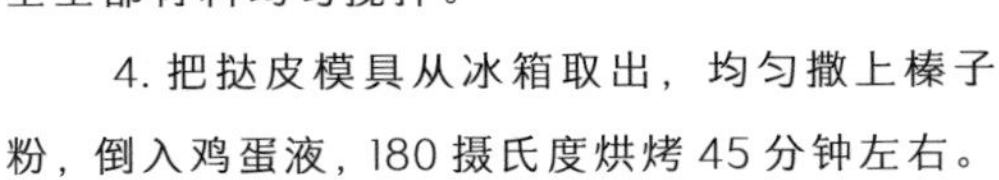

4. 把挞皮模具从冰箱取出，均匀撒上榛子粉，倒入鸡蛋液，180 摄氏度烘烤 45 分钟左右。

可以搭配草莓、覆盆子雪糕，或者蓝莓汁一起享用。

手握毒蛇
的
男孩

艾尔维·巴赞

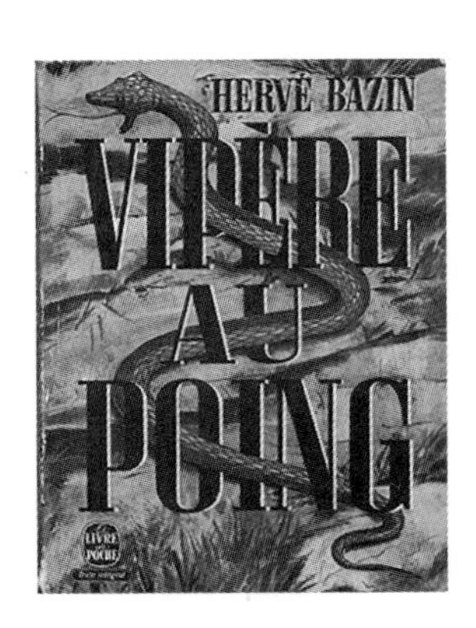

《毒蛇在握》法文版封面

这条毒蛇，我的毒蛇，它尽管早已被掐死，却依然无处不在地重生着。你们可以把它叫作“仇恨”“自暴自弃”“绝望”或者“不幸的滋味”，我将继续永远地挥动着它！这条毒蛇，你的毒蛇，我摇摆甩动着它，我带着它的残骸在人生中前进。因为它，周围的观众惊恐地离我而去，因为它，我孤身一人。谢谢你，我的母亲！我正是那个手握着毒蛇，一路前行的小孩。

——《毒蛇在握》[1]

有一些生命，在世间最大的残忍与不幸中被拉开了序幕。有一些童年，在龌龊的权力压迫和不堪的缺

---

1 《毒蛇在握》（*Vipère au poing*）是法国作家艾尔维·巴赞（Hervé Bazin）出版于1948年的自传体小说。这部小说出版后立即在法国文学界以及读者中引起了强烈反响。继《毒蛇在握》以后，巴赞在1950年和1972年又分别写出了《小马之死》（*La Mort du petit cheval*）和《猫头鹰的绝唱》（*Cri de la chouette*），构成了著名的“巴赞三部曲”。《毒蛇在握》以其完美的法语文词书写，多年来一再入选法国中学必读小说书目。本文中所有法语原文翻译均出自本书作者之手。使用的法语版本为：Hervé Bazin, *Vipère au poing*, Paris, Le Livre de Poche, 1948。

衣少食中踉跄前行。有一些青葱岁月，在母爱缺失的悔痛与仇恨中仓皇滑过。以后的晴朗或者惨淡岁月，在分分秒秒地与晦暗童年留下的狰狞记忆的撕裂搏斗中燃烧着。然而命运的鞭打没有让这样的生命垂下他坚定的眼神，痛苦与绝望反而令他越发牢固地紧握着手中的那条毒蛇，一路向前追寻着童年时被掠夺去的公正与自由。他，艾尔维·巴赞[1]，就是那个手握着毒蛇脚步坚毅的男孩。而他手中那条僵死的绿眼毒物，正是他的亲生母亲保尔蕾。

“巴赞”这个象征着高贵荣誉、神性与智慧的家族姓氏，给予了年幼的艾尔维苛刻严厉宗教至上的贵族保守教育，也掩埋了童年岁月中属于儿童的纯粹欢笑和简单快乐。作为法兰西学院院士热内·巴赞[2]的后人，艾尔维的父亲在银行存款日益微薄，但又必须维持巴赞式头等教士贵族生活排场的情况下，娶了一个金融家的女儿：保尔蕾。一个蔑视自食其力，依靠妻子的嫁妆维系着庄园主闲散生活的软弱男人，和一个试图用一切方式证明自己不容置疑的权威地位的严厉女人，就这样携手走入了虚伪空洞的婚姻殿堂。

1　艾尔维·巴赞（Hervé Bazin，1911—1996），法国战后重要的现实主义风格小说家。

2　热内·巴赞（René Bazin，1853—1932），法兰西学院院士，19世纪后半叶的著名作家、记者。

艾尔维就在这个笼罩着上帝光环的家庭中成长着。他有一个在与自己的孩子阔别多年后，见到小孩非但不欣喜雀跃，反而因为他们激动地投入了母亲的怀抱，狠狠地抽了他们两巴掌的“母亲女士”；他有一个为了节省开支，自己吃新鲜鸡蛋，将臭鱼烂豆子塞进三个儿子肚子里的“贤惠妈妈”；他有一个当他的手不符合礼节地出现在餐桌上时，毫不犹豫地拿起叉子狠命戳去，面对鲜血与疼痛无所动容的“温柔母亲”。在母亲多年来贯彻着所谓的以“铸造儿童坚强意志”为目标的残忍教育时，那个靠她的存款吃饭的父亲则每天问心无愧地坐在书桌前，收集苍蝇观察蝴蝶。叉子上滴下的鲜血虽然让他时不时有那么点隐隐不安，可无论是妻子的拳头还是儿子们的号叫，都没能妨碍他年复一年地咽下盘子里流黄的煎蛋，饮着杯子里酒红的波尔多。

二十多年后，早已与家庭断绝了往来的艾尔维·巴赞，把这段令他一生作呕的童年经历毫无保留地叙述给世人听。他给它取名叫作《毒蛇在握》。

故事发生在巴赞的故乡，法国西部城市昂热附近的一座家庭庄园城堡中。热祖家族的城堡同他们头上的光环一样，外表看似庞大辉煌令人心生敬畏，实则陈旧破败，被那个年代科学与社会的脚步无情地抛弃在了身后。这座既没有中央暖气，也没有自来水，所有的房间里都铺着冰冷破裂地砖的城堡面无表情地矗立在那里，同它的主人们一样，在虚幻与错觉中无力地维系着荡然无存的贵族特权和尊严。

让的父亲在遥远中国的一所宗教大学教授神学，于是让和哥哥费迪南就被交托给了虔诚严厉的奶奶抚养。那是两兄弟童年时光中，唯一的那么一段在谨慎中稍有欢乐的日子。在祷告与忏悔的间隙，在被剥夺餐后甜点与打屁股的惩罚中，两兄弟一边遵循着少有温情流淌的刻板宗教教育，一边又如同所有小孩一样，像野兔山鸟一般奔跑飞翔在每一片他们被允许驻足的自由土地上。奶奶的教育尽管严厉，但始终都是公正合理的。如果说唯宗教至上的单一教育与让天性中对宏大神秘世界的好奇心并不相符合，两个小孩所拥有的生活舒适也只是最低程度的，那么至少他们是温饱不愁，也拥有那么一点点珍贵的娱乐和自在。来自远方父亲母亲的唯一声音，是每年圣诞节时从中国寄来的一张明信片。卡片上印刷着这么几个英语词“We wish you a merry Christmas”。除了两人各自的签名，父亲先生和母亲女士从来都没有在那卡片上留下过只言片语。天各一方相安无事的家庭生活，从奶奶去世的那一刻起被推翻打破了。

保尔蕾·热祖-普尔维耶克女士来自一个富裕的

金融工商之家。在议员父亲的强迫下，带着丰厚的银行存折，嫁给了比自己大十岁的雅克·热祖。女人嫁的是那个声名显赫的家族姓氏，男人娶的是女人口袋里的数万法郎。据说保尔蕾也曾经美丽过，虽然如今她干枯的头发、招风的耳朵、紧闭的双唇和突出的尖下巴实在令人难以想象她与好看之间有任何可能的关联。这张没有丝毫女性温柔、干瘪枯萎毫无热情的脸孔，只要一张开嘴命令斥责辱骂她的三个儿子[1]，好像立即就拥有了生命的活力和丰饶。从她踏入城堡的那一刻起，如何用最严厉苛刻的手段管教三个小孩，让他们无条件地服从自己，成为她贫瘠生活中的唯一执着。她命令三个十岁左右的男孩，每天五点起床祷告、学习、忏悔；她将早餐的咖啡牛奶变成了日复一日的粗粮汤；她把红芸豆变成小孩们唯一的主食，消化不良和呕吐胀气她都不以为然；她永远地熄灭了房间里驱寒取暖的温暖火焰；她剥夺了他们踏入花园草坪奔跑玩耍的权利；她将他们金色的头颅在一夜之间剃成了如少年犯一般的青白光头……

饥饿寒冷体罚毒打，令让和他的兄弟们停止了生理上的成长。唯一日益壮大的，是他们对母亲刻骨铭

---

1 除了费迪南和让以外，热祖夫妇还有一个出生在中国的小儿子，名叫马塞尔。

心的仇恨。那是一种面对不合理的压迫和被掠夺了的公正时不由自主的本能反抗。那又是一种弱小存在站在强大宿命面前，无能为力又撕心裂肺的呼喊吼叫。当三个小孩在房间里咬牙切齿地用“疯狂母猪，我恨你”这句话做着动词变位的练习，当他们将“疯狂母猪，我要向你报仇”这几个词的缩写深深地刻在山林间每一棵树的树皮上，当让的手背流淌着鲜红的血滴，却无所畏惧满腔怒火地与眼前这个叫作“母亲”的女人对视时，仇恨如同一条长河，在他们的心中滚动澎湃壮大着。那河水在日益变得汹涌奔腾时，也正在悄然地唤醒这些年轻灵魂深处沉睡隐藏着的邪恶之火。

三个孩子中最机智坚强，最精明有毅力，又最像他母亲懂得如何不惜一切手段达到目的的是让。他深谙离间挑拨之技，让母亲和她的同盟神父最终互相猜疑分道扬镳；他懂得如何一针见血又恰到好处地向父亲指出他的软弱无能，再利用他的善良柔软激发他的同情心；让哥哥为他通风报信，叫弟弟去讨好母亲更是他的拿手好戏。他招风的耳朵、紧闭的双唇和突出的尖下巴，他对弱者的鄙视，对善良的怀疑和警惕，他性格中的矛盾重重、善战好斗，他对力量与胜利的膜拜，对饱含仇恨又点燃刺激着他每根神经的搏斗的迷恋：他是另一个保尔蕾——聪敏而孤独，坚强又残忍，病态而可悲。

当保尔蕾因为肝病昏倒在地时，三个小孩无法抑制地欢呼雀跃起来。他们希望这个如巫婆一般的母亲就这样躺在床上慢慢地去与死神相会。那些被浇灌在他们脑海中的关于爱与原谅的《圣经》片段，那些儿童灵魂中本应存在着的善良本真，此时消亡破碎得无影无踪。在他们心中燃烧升腾着的，只有仇恨。

保尔蕾住进了医院。没有了“疯狂母猪”的家虽然依旧冰冷潮湿，但她沉重权威的消失顿时让人觉得呼吸顺畅脚步轻快。醇厚的牛油重新出现在了父亲的餐桌上，甘甜的红莓果酱也被摆到了小孩们的面前，向他们关闭已久的绿色花园即刻成为他们灵魂逃逸飞翔的自由天地。

被保尔蕾压迫鞭打着的，不止那三个小孩，还有她那个既是同谋又是受害者的丈夫雅克·热祖。这个懦弱无能的男人和他的妻子一样，矛盾重重又可恨可怜。他虽然爱三个孩子，却从来只将自己的利益与意愿放在首位，不愿为孩子的幸福做任何的牺牲。他蔑视妻子所属的金融新贵阶级，却又丝毫不因为靠着她的财产过活而感到有任何的羞愧。他宁愿过着一年三百六十五天吃红芸豆的节俭日子，也要在每年院士亲戚过生日那天狠狠地花销一笔，做足排场。他终日夹在儿子们和妻子的斗争中间，尽管痛苦不堪，却从来不敢抬起他男人的头颅去正视眼前的猥琐人生。

一个自私胆小碌碌无为的“一家之主”，也许是想尝试着为他阴霾的人生注入那么几缕腼腆的阳光，于是趁着妻子生病，他带上了费迪南和让，开着雷诺小轿车向着布列塔尼的深处悠然驶去。两个即将迈入青春期的男孩，就这样第一次呼吸到了城堡以外四月天清冷粗糙的咸湿海风。

一路步伐雀跃，忙着捉苍蝇逮蝴蝶的父亲带着他们来到了昔日相识的友人家中。那是多年前将雅克从战场上救下的一位神父。他不同于热祖家里那些谨小慎微神色庄严的神父。他将两个男孩重重地一把揽入怀中，用火热的拥抱和洪亮的笑声欢迎着他们的到来。他的牧师会馆虽然远没有热祖家族的城堡宏伟庞大，却明亮舒适简洁朴素，没有潮湿阴森，没有繁复的装饰，也没有各种威严的宗教标记。他把小孩们领到餐桌前，把他们从未见识品尝过的滋味色彩摆到他们的眼前：金黄流油的烤鸭被早春清甜的小芜菁装点围绕着，那盘中透露着主人的慷慨和给予的快乐；柔软鲜糯的小羊架宣告着复活节的到来；香脆的蛋白霜和明黄的英国香草奶油汁，向他们讲述着简单纯粹中深藏着的平实美好。面对充盈慷慨的食物，愉悦舒缓的惬意氛围，习惯了红芸豆和在餐桌前坐得端端正正的让，第一次钻到了桌子底下，在游戏玩闹和吮指回味的油腻中享受了一顿丰盛大餐。而平日恪守妻子制定的各种清规戒律的雅克，不但当着神父的面在晚宴时将马甲上的纽扣一一解开，还毫不犹豫地灌下了一杯又一杯辛辣的令他飘然畅快的消化酒。

神父餐桌上的烤鸭，明亮花园中早春的小草莓，女仆为两个男孩端来的滚烫热巧克力，令十四岁的让第一次发现，在母亲统治下的灰色城堡以外，还存在着另一种生活。一种没有虚假光环，没有虚伪造作，真切实在有血有肉的生活；一种将灵魂信仰与物质快乐糅合在一起的生活；一种允许自由呼吸，畅快奔跑，随意思考的生活；一种没有压迫和鄙视，在尊重理解和宽容中引领着你找到属于自己角落的生活；一种没有仇恨，流淌着爱和尊严的生活。

只是，这样的生活，神没有赐予让。这个十四岁的男孩从童年时就被对亲生母亲的刻骨仇恨浸润哺育着。他在仇恨中成长，与之搏斗，在其中盎然绽放他精彩激荡又黑暗痛楚的一生。这种生活令他变得邪恶，也叫他拥有了智慧。它的沉重与疼痛永远跟随笼罩着他，却也令他的肩膀变得格外有力坚强。

从医院回到城堡的保尔蕾变本加厉地试图控制身边的一切。从神父的璀璨花园归来的让则日复一日变得更加大胆与机智。他们一个在愤怒中惊恐地发现了另一个的成长，另一个则在阴郁的仇恨中沉着地推进着一场生死斗争。他试图谋杀她，用船桨将她推入池塘里；她试图陷害他，把自己的钱包偷偷放进他的房间里；他试图逃离不公正的惩罚和令人窒息的城堡；她用尽一切手段剥夺他的人身自由和人格尊严。那是一个儿子面对母亲的压迫和虐待的反抗，那是一个生命面对命运不公的不息斗争，那是一个灵魂追寻自由的永恒奔跑。

小说中的让最终赢得了这场战争的胜利，令自己和两个兄弟远离了热祖的城堡和母亲毒蛇般的双眼，进入了寄宿学校。生活中的巴赞则在二十岁时，因为拒绝接受天主教高等教育，坚持进入索邦大学学习文学，从此与家庭断绝了往来。这场与母亲的残忍战争，令刚刚走入世界的让，从此不再相信任何的人与事。因为母爱的温柔与无私，奉献与给予，他从未经历过。母亲每一次如柔软的毒蛇一般地靠近他，必定是出于利益和目的的驱使，必定是为了用她尖利的牙齿向他柔弱的身体狠狠咬去。母亲，传承交到他手中的，只有仇恨与怀疑，不择手段与践踏羞辱。而最终走出了母亲与家庭统治的巴赞，则一生在失败与斗争中，在迷失与寻找自我中，在企图遗忘与尝试原谅中，固执地找寻着属于他的重生之路。

保尔蕾将一场无爱婚姻对她一生幸福的摧毁，将她对父母专制冷漠的无法释怀，一点一滴地变成可怖的仇恨，用它养育折磨着那场婚姻中的三个不幸产物。她和世界上无数可悲男女一样，在不幸的家庭中成长，在不幸的婚姻中沦陷，在懦弱胆怯中向面目可憎的命运低下了头。用所有的这些不幸再来践踏压迫比她更孱弱的生命，令他们拥有和她一样黑暗狭窄的人生，是她逃避忘却这场不堪旅途的唯一捷径。

有的母亲，她给予了你生命，用爱养育了你的灵魂。有的母亲，她在你出生的那一刻，就已经死去。你只有握紧手中的那条毒蛇，在撕裂的痛楚和绝望的眼泪中，艰难前行。

烤鸭配芜菁

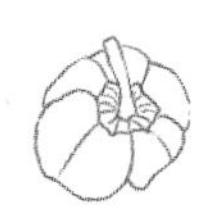

处理好的绿头鸭1只，葵花子油4汤勺，胡萝卜1根，洋葱1个，白葡萄酒40毫升，高汤500毫升，时鲜小芜菁1公斤，牛油10克，糖10克，盐、黑胡椒适量。

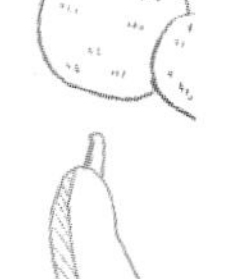

1. 绿头鸭事先去头以及内脏，清洗干净备用。烤箱预热200摄氏度。

2. 在鸭子的外皮和肚子里抹上现磨黑胡椒和适量的盐，放入烤盘，淋上4汤勺葵花子油，放入烤箱200摄氏度烘烤40分钟。每15分钟需要将鸭子翻身,并将流出的油脂淋在鸭子上。

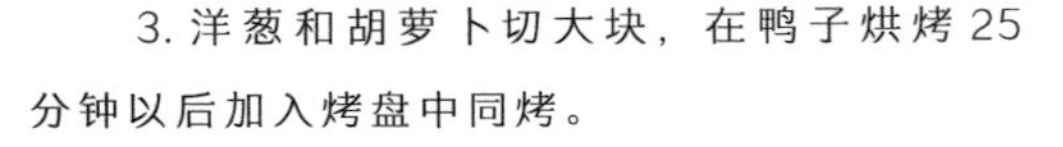

3. 洋葱和胡萝卜切大块，在鸭子烘烤25分钟以后加入烤盘中同烤。

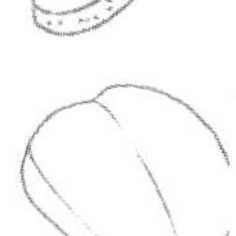
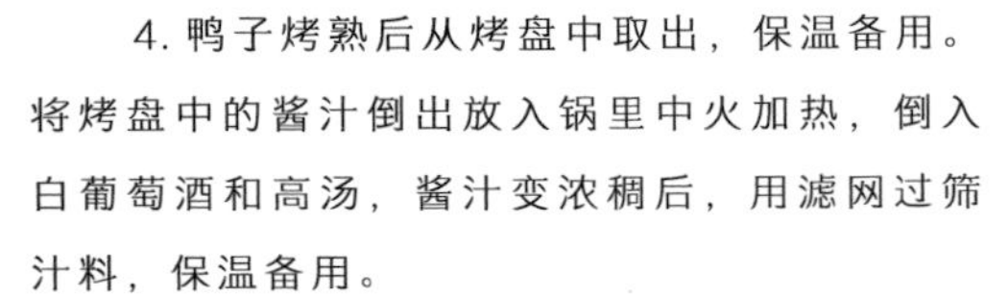

4. 鸭子烤熟后从烤盘中取出，保温备用。将烤盘中的酱汁倒出放入锅里中火加热，倒入白葡萄酒和高汤，酱汁变浓稠后，用滤网过筛汁料，保温备用。

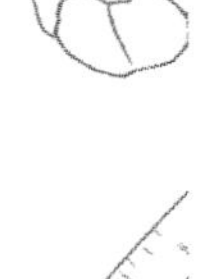

5. 芜菁去皮，放入一锅中，加入刚好没过小芜菁高度的水，入牛油、糖、一小勺盐，大火煮开转中小火煮5分钟。在煮熟的小芜菁中加入一些刚才准备好的酱汁调味。

6. 摆盘时把鸭子放在盘中央，四周整齐地围上小芜菁，均匀地淋上酱汁即可。

游荡在
茫茫黑夜中的
塞利纳

路易–费迪南·塞利纳

《茫茫黑夜漫游》法文版封面

人生是一场旅行，在寒冬与茫茫黑夜中，

在漆黑无光的天空中，我们寻找着各自的出路。

——《茫茫黑夜漫游》[1]

他是一个在巴黎北郊经营一家普通诊所的内科医生。他打过仗。在第一次世界大战的比利时战场上，对战争这个屠宰场还全无了解的他，参战没多久就受了重伤。他去过非洲。在喀麦隆滋生疾病的热带雨林里，对生命的微小脆弱略有认识的他，被潮湿炎热烂泥包围着，病入膏肓。他回到法国，取得了医学博士

---

1 《茫茫黑夜漫游》（*Voyage au bout de la nuit*）是法国20世纪著名小说家路易-费迪南·塞利纳（Louis-Ferdinand Céline）出版于1932年的长篇作品。塞利纳是仅次于普鲁斯特，在世界各地被翻译介绍传播得最多的20世纪法语作者之一。他所开创的大量运用口语、俚语的全新法语句式与文风，在法国文学界掀起了一场历史性的变革与突破。其对口语、俗语在书写中近乎科学性的严谨运用，对语音节奏在句式中的完美掌握，以及对标点符号在文本环境下的衍生意义的精深理解，创造发展了与传统西语中书面语写作规则所完全不同的“口语书写”。塞利纳独一无二的革命性文风不但影响了二战后的大批法国作家，比如帕特里克·莫迪亚诺（Patrick Modiano），更被查尔斯·布考斯基（Charles Bukowski）等同时期美国作家推崇为历史上最伟大的法语作者之一。文中所有法语原文翻译均出自本书作者之手。使用的法语版本为：Céline, *Voyage au bout de la nuit*, Paris, Gallimard, 1952。

的学位。在洛克菲勒基金会的资助下，他任职于国际联盟的医务工作部门，行走在非洲与北美之间。他因此看到了殖民主义在殖民者和被殖民人民双方身体里种下的致命毒瘤。他也第一时间见证了美洲大工业进程中，机器与“现代效率”对人的生理以及精神的蹂躏践踏。

没有野心的乡村医生拿着不算丰厚的收入，与感冒、有胃病和交不起诊费的病人打着交道。为了补贴生活，能够把自己住的那幢房子买下来，他把客厅吃饭的桌子变成了写字台。坐在由餐桌改装成的写字台前，他把属于他的战争、疾病、恐惧和死亡经历，写成了一部属于全人类的，在黑暗绝望的嘶叫中荡漾着苍凉诗意的人生悲歌。企图靠写小说买房子的愿望轻而易举地就达到了。但是他丝毫没有料到，他精心创造的彻底推翻传统写作模式的独特语言风格，他的文学以及人生视野中充盈着的极端虚无主义，除了带给他来自读者的欣赏与认可，也同时引来了整个文学界的猛烈攻击和批评。

木讷的医生，天才的作家，在如同潮水般凶猛的抨击中躲入了自己的诊所和书房。他年复一年无偿地替穷人们看病，他也一次又一次地在书桌前写下激烈的攻击犹太人的讽刺短文。第二次世界大战德军占领法国期间，他公开表示对德国纳粹的支持，并且毫无保留地以反犹太裔的种族观点作为其文学创作的主要内容。战后为了保命他出逃至丹麦，虽然被处以叛国罪，倒也幸免于牢狱之灾。流亡期间，一边行医一边继续写作的医生，完成了他作家生涯中的巅峰之作《德国三部曲》[1]。20世纪50年代他回到法国，在争议与掌声中其作品得以重见天日。只是文学上的成功才刚刚姗姗到来，他的漫漫人生旅途却戛然而止了。

他的名字叫路易-费迪南·塞利纳。他与世间万千存在一样，在漆黑的人生路上走得苟延残喘，灵魂里的懦弱胆小肮脏不堪，时不时就不经意地显露在人前。他与无数微小生命相比又与众不同。一生尽管毁誉参半，争议不断，但他终究是用一支笔，在浩瀚人世中留下了属于自己的独特声音。那声音里讲述着存在的虚无渺小，人生的荒诞无奈，还有这一路无法阻挡的腐烂消亡。

他叫塞利纳。他也叫巴尔达缪[2]。他和你我一起，在茫茫黑夜中行走游荡。

---

1 塞利纳的《德国三部曲》分别为《从一个城堡到另一个》（*D'un château l'autre*, 1957）、《北方》（*Nord*, 1960）、《双人舞》（*Rigodon*, 1969）。三部小说讲述的均是作者在二战期间跟随维希政府流亡德国、丹麦的经历。

2 《茫茫黑夜漫游》取材自作者在第一次世界大战中以及游历非洲、美洲等地的亲身经历，通过主人公巴尔达缪的叙述铺展了一场黑暗的死亡之旅。

巴尔达缪是个什么都不是，什么也没有的可怜家伙。前一天他还在克里奇广场上和同伴喝咖啡聊天欣赏街上无聊的过客行人，后一天就好像被关进了笼子里的老鼠，与无数跟他一样的血肉身躯一起，被送往没有出路的战场了。欢送的道路上站满了向他高呼着各种鼓励话语的男人女人。他们向他热情洋溢地抛掷着鲜花，令他内心仅有的那么点忧虑也在升腾蔓延的英雄主义空气中，烟消云散了。

当他真的站到了战壕后面，每一分每一秒都能感觉到对方的子弹在自己的脑袋上飞过的时候，他意识到，原来战争是一样自己丝毫不理解的东西！对面的德国人为什么要往他的脑门上开枪？他又因为什么要杀掉他们？他一直挺喜欢德国人。小的时候他在汉诺威的学校上过课，会说他们的语言。他记得那些下课了以后和德国男孩们一起到树林里喝啤酒摸女孩身体的日子，而现在他们居然就这样毫无理由面对面地杀戮着，把自己枪里的子弹往人家一切致命的地方打过去。巴尔达缪在克里奇广场上喝咖啡的时候，怎么可能料到原来战争是这样的！谁能跟他解释一下，这一切究竟是为了什么？也许德国人，也许将军们明白其中的道理，但他不懂。肠子挂在身体外的战友，一具具没有头颅的尸体，和好似在巨大炖锅里翻滚的红色果酱一样流淌着的满地人血……他在面对这些恐怖场景时，就跟一个处男面临第一次性经历时一样，惊恐得不知所措，笨拙得无以应对。当士兵们像畜生一样身陷这个巨大的疯狂屠宰场时，将军们则气定神闲地坐在军营里。尽管帐篷外尸横遍野，他们每天早上的白煮蛋却依然是水嫩流黄的。让自己的士兵被敌人的炮弹炸得开膛破肚，前赴后继地消亡溃烂在硝烟弥漫的旷野中，对将军们来说，就跟古时候阿兹特克人用鲜活的尸体来祭奠神灵是一样自然普通的事情。阿兹特克人用活人向上苍祈求雨水盼望富饶的土地，将军们则用士兵的血肉向战争索要短暂的平安与存在。生命在这两者中，都像狗屎一样被藐视践踏着。

巴尔达缪自问，他是这个地球上最龌龊不堪的懦夫吗？因为他唯一的念头，就是从这个国际性的疯狂游戏中逃出去。他想去偷去抢去犯罪。他希望有警察能把他抓起来关到监狱里去。因为在监狱里，没有子弹会每时每刻地从你的脑袋上飞过。因为在监狱里，至少你是活着的。肢体破碎精神崩溃的巴尔达缪发现，原来在这个世界上，人所能做到的最美好的事情，就是用尽各种手段方法，给自己找一条活路。而面对这个疯癫世界最有效的手段，则是做一个彻底的懦夫。

什么都不是的巴尔达缪跟千千万万士兵一样，受了伤，被转送到了医院。跟那些少了一只眼睛、缺了一条腿的家伙相比，他的伤实在不算什么。他们还颁发给他一枚奖章，表彰他在前线的英勇战绩。他们让他带着奖章到巴黎歌剧院去，在幕间休息的时候拿起金灿灿的勋章展示给所有的观众看。这还是巴黎人民第一次看见从战场回来的英雄和象征着共和国荣誉的奖章！人们激动地，热泪盈眶地，心怀感激和崇敬地，向站在台上的巴尔达缪欢呼着挥动手臂，好像古时候环绕在罗马剧院前的罗马人，正向从非洲远征归来的将军致意。巴尔达缪为此心里有那么一刻飘飘然的自豪或者感动吗？没有。他知道等他的伤恢复了以后，他们会立即再把他送回屠宰场。他知道像他这样的穷人，唯一有关联的相识的是其他的穷人。穷人们的死活，多一个少一个，是没有人在意的。那天的剧院里唯一点亮他的眼睛的，是个美国小妞罗拉。

罗拉是善良可爱天真甜美的。虽然她的天真里残忍地流淌出愚蠢无知，但这份蠢笨倒也让她甜心的模样很是可人。罗拉是巴尔达缪住的医院里的护士。她从遥远的美利坚千里迢迢地来到欧洲，目的只有一个：帮助法国人民拯救战火中的法兰西。面对如此崇高的理想和她圣女贞德一般的眼神表情，医院的院长只好把她留下来。他们交给她一个神圣庄严的任务，每天早上负责制作发送到各大医院用来安慰受伤士兵身体和心灵的油炸苹果圈。她必须确保它们口感酥脆，新鲜不油腻。众所周知，没什么比少了只眼珠子缺了条胳膊以后，再吃到不够爽口的炸苹果圈更叫人绝望恶心的事情了！

美丽的罗拉是怀揣着何等的热情来承担这个使命的啊！她当然从来没做过什么炸苹果圈，但她可以雇一批女厨子，每天早上定时削苹果，和面糊，起油锅，把青的红的苹果片炸得金黄明澄。而她只需要十点钟准时把自己柔软的身体从被窝里拉起来，泡一个冗长芬芳的澡，穿着从大洋彼岸带来的充满异域情调的日本和服，走到阴湿的厨房里把那些苹果圈尝一尝，看看它们是否如众人所期待的那样多汁，是不是甜美到足以抚慰像巴尔达缪那样被战争扭曲了灵魂的男人的心与胃。罗拉是万分真诚的。她每天都把那些炸苹果圈分批仔细地尝一遍，一小口一小口地检验它们，不容口感质量有丝毫差池。她坚信以自己的微薄力量，是能够为“拯救法兰西”做些什么的。那些金灿灿的圆圈就是她的武器，它们帮助她实现她所坚信的关于“爱国主义”和“英雄精神”的种种理想与信仰。

在一切都朝着罗拉的理想迈进的时候，在法兰西慢慢开始控制战争局势的时候，在油炸苹果圈一天比一天越发香甜爽脆的时候，突然有一天，罗拉在情人巴尔达缪的面前显得心事重重忧郁无比。她不吃不喝，不声不响，脸上圣女贞德的表情消失得无影无踪。在连续一个月每天早上尝了不计其数的炸苹果圈以后，甜心罗拉重了整整一公斤！她腰上不得不放松一格的皮带就是最好的证明！

这个长着一头金发，拥有迷人笑容的女子是做好“牺牲个人利益”的打算，才来到这片土地上和那群断了手脚坏了脑袋的伤兵们共同奋斗的。她虽然在心理上生理上都做好了充足的准备，也发自内心地拥有种种良好意愿，可那因为苹果圈而在腰上堆积起来的一公斤，到底还是超出了她所能承受的心理底线。关于和平的种种理想，在肚皮上游动的脂肪面前，向漏了气的皮球一样，瘪成了一摊没有形状的烂牛皮。

巴尔达缪趁着罗拉情绪低落，搂着她肥美的腰身，在穿越巴黎的消脂散步中尽情享受女人身体的柔软和那其中散发出的无限春情。医院里的伤兵们有的因为精神错乱自杀了，有的为了逃避战场一生佯装疯癫。也有的虽然毁了容貌状如活鬼，可他们却精明地发觉，向女护士们讲述、夸大、编造自己在战争中的英勇事迹，是吸引那些年轻女人的最有效的催情药。从没踏上过战场的医生向着一群又一群的伤兵器宇轩昂地讲述着为了祖国牺牲一切的合理性和崇高性。“法兰西需要你们的英勇无畏！她有权命令她的儿子们为她所遭受的不公复仇！哪怕为此将付出的是最惨重的牺牲代价！”[1]

巴尔达缪坐在咖啡馆里对美丽的罗拉说，他拒绝与战争有关的一切。他要活。哪怕活着只是一个漫长腐烂的过程，他也要活。即使有一百万人反对唾弃他，他也清楚地知道，求生是没有错的。罗拉惊叫起来，巴尔达缪，你是一个懦夫，一个跟老鼠一样无耻肮脏的懦夫！在祖国面临危险的时候，只有懦夫和疯子才会为了保命逃之夭夭！巴尔达缪回答道，那么，让我们为了疯子和懦夫们欢呼吧！

从此，美国甜心再也不让这个法兰西懦夫碰自己柔软的腰肢和白皙的脖颈了。

战争是需要像那个医生一样的从未走上过战场却拥有如同古希腊诗人一般的睿智和激情的演说家的。它需要他们的才情和巧舌伶俐，给予杀戮正当的理由和高贵的外衣，点燃盲从的听众身体里隐藏着的原始摧毁欲望。战争也需要那些面对着巴尔达缪高呼“英雄”的群众。它需要他们的无知和轻信，把演说家的华丽辞藻变成实际的行动，把自己和自己的儿孙送上战场，加入散发着人血腥气的绞肉机的运转中。战争需要甜心罗拉那样天真善良的可人儿。它需要她们的

---

1 《茫茫黑夜漫游》，第 86 页。

炸苹果圈和温柔的蓝眼睛，让终生即将在黑暗、残缺、疼痛中度过的男人们，感觉到存在中短暂的舒适和虚幻的甜蜜。

炸得金黄澄亮、散发着油脂香气的苹果圈是高效廉价的精神安慰剂。它每一天一如既往准时地出现在那些与死亡擦肩而过，被弹药和恐惧摧毁了心智的躯体面前。它用它的温热和汁水虚伪地让他们错误地以为，自己是被关怀牵挂着的，人生的未来旅程或许也是有那么一条光明之路的。它美好的外表浑圆的身躯灿烂的色彩，它努力制造出的在片刻间好像让人触摸到了希望和幸福的假象，一切都是如此美好逼真，让人迷恍中不知不觉地就跟在它的后面追逐了起来。

金发美人白皙玉手中拿着的那个喷香炸苹果圈，是人生这场腐烂旅行中的一剂麻醉药。它是茫茫黑夜行中的一道幻灭光影。一无所有的巴尔达缪和他的战友们追逐着它，从战火弥漫的死人堆里爬出来，从漆黑的非洲雨林飘落到混沌的美洲大陆，从底特律的污浊工厂混迹到巴黎阴霾的贫民窟。一路上牵引着他们腐烂的身躯肮脏的灵魂的，是那个小巧精致的金色圆圈。它总是忽隐忽现，闪动着媚惑的笑容，让你我哪怕早已被命运掐住了喉咙，却依然如困兽一般嘶叫挣扎搏斗着。直到死亡的锋利刀刃将我们的脖颈割断，直到最后一丝呼吸从鼻尖飘散而去，它依然晃动在眼前，不愿离去。

路易-费迪南·塞利纳与巴尔达缪一样，一生不顾一切地只想活。为了活，他敢于将任何虚伪又充满欺骗性的社会价值、道德准则都弃之脑后。为了活，他终生面对着罗拉式的“你是一个懦夫”的指责。对这些鄙视责难，他从来都是站直身体挺直腰背不屑一顾的。然而面对自己曾经在文字中对那个民族的恶意攻击和歹毒嘲讽，他也终于内疚地低下了骄傲的头颅[1]。

今天依旧有很多人，著名的不著名的，他们轻视他在战争中的懦弱行径，唾弃他龌龊的种族主义。但没有人怀疑他的文学。没有人否认从巴尔达缪的胸腔里吼叫出的，是人类最凄厉绝望又最真实的求生呼喊。

---

1 路易-费迪南·塞利纳的文字作品在2009年由法国最著名的文学丛书 Bibliothèque de la Pléiade 以全集的形式重新修订出版。全集尊重塞利纳生前的愿望，没有出版其30年代的大量反犹短文以及两部以反犹为主题在当时的法国获得巨大成功的长篇小说。

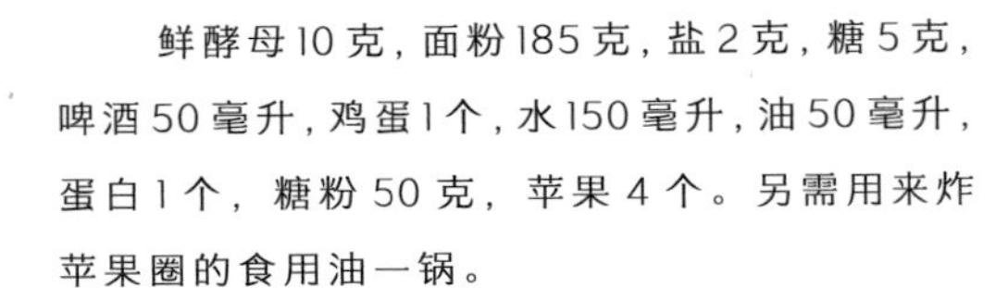

油炸苹果圈
（4 人份）

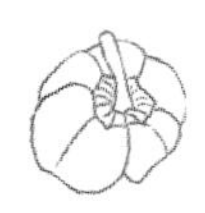

鲜酵母10克，面粉185克，盐2克，糖5克，啤酒50毫升，鸡蛋1个，水150毫升，油50毫升，蛋白1个，糖粉50克，苹果4个。另需用来炸苹果圈的食用油一锅。

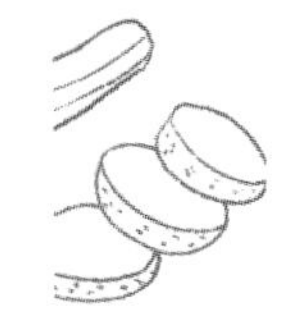

1. 将酵母、面粉、盐、糖、啤酒、油、鸡蛋一起放入一个大碗中，搅拌均匀，一点一点地加入水，再搅拌均匀后常温静置1小时。

2. 1小时后把蛋白用打蛋器打至硬性发泡，轻轻地拌入准备好的面糊中。

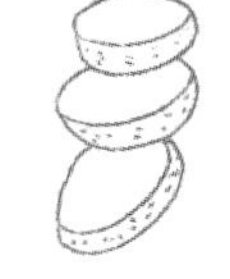

3. 苹果削皮，切成3毫米厚的圆形薄片。

4. 把用来炸苹果圈的油加热到180摄氏度左右。将苹果片裹上面糊，放入油锅炸到两面颜色金黄，这个过程大概需要5分钟。取出炸好的苹果圈，放在吸油纸上去除过多的油脂，撒上糖粉即可食用。

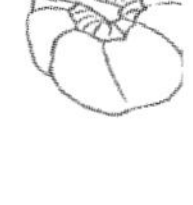
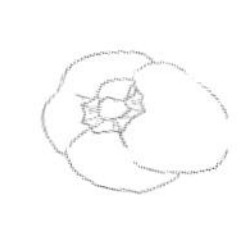

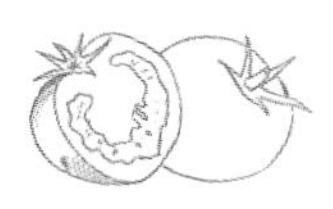

长袜子皮皮
的
煎饼

林格伦

《长袜子皮皮》法文版封面

当汤米、安妮卡和他们的爸爸走到篱笆前时，他们听见有人在向他们喊话。于是三人停下来仔细听。风吹着大树，他们虽然只能隐约听见皮皮的声音，却立即明白了她在说些什么：

“等我长大了，我要当个海盗！你们呢？”

——《长袜子皮皮》

20世纪似乎是一片令杰出女性终于能生长、绽放的丰硕土地。腼腆内向的波兰女子玛丽·居里在放射性领域的卓越研究成果令她成为世界上第一个赢得诺贝尔奖的女性；幽默风趣的瑞士姑娘艾拉·玛娅尔[1]在风沙星辰的相伴中，骑在马背上从北京一路穿越千辛万苦抵达斯利那加，写下了世纪传阅的旅行文字《禁忌之旅》；高瘦开朗的瑞典母亲林格伦则在女儿的病床前，为全世界的儿童讲述了一个坚强独立、自由奔放的女孩的故事。儿童和女孩，第一次以独立的面孔出现在了文学世界里。即使是儿童也拥有属于他们的

1 艾拉·玛娅尔（Ella Maillart，1903—1997），瑞士旅行家、旅行文学作家。

权利，从此变成了一个有力的观念，逐渐印入成年人的心灵中。这些在广袤宇宙尘埃中留下了动人印记的女性，都有着同红头发的皮皮同样的品质：坚强。

林格伦生在瑞典南部一个木屋林立、中世纪街道纵横的小城。这个金发长脸，闪着一双敏感眼睛的北欧女人，在青春年少时就显露了不同于普通女子的非凡个性。完成学业后，林格伦在维默比当地的一家报社工作，与报社的总编维系着一段情感关系。而在怀孕后，当男人向她求婚时，她却断然拒绝了。她选择以单身母亲的身份独自前往斯德哥尔摩，希望能成为一名秘书速记员。大着肚子的青葱女孩在20世纪初的北欧首都一边学着速记，一边义无反顾地寻找着属于她的人生之路。在儿子拉尔斯出生后，林格伦做着一份最普通的秘书工作。拿着微薄工资当着全职女性的她经历了无数女性在独立之初都会遇到的艰难境遇，即经济上的窘迫。底层职员的薪水无法养活她和儿子两个人，而全职的工作时间更令这个单身妈妈无法照顾婴儿。于是她又作出了人生中另一个重大抉择：将儿子交给他人抚养。为了探望她寄人篱下的儿子，她把赚来的钱都花在往返于斯德哥尔摩与维默比的火车票上。在辗转颠簸中，在艰辛摸索中，蓝眼睛的高个子女孩终于一点一点地在独立之路上越走越远。从拥有了经济能力抚养儿子，到成为报社的正式记者，再到带着她的皮皮从斯德哥尔摩走入这个世界上所有儿童的生命，又一只丑小鸭变成了天鹅，飞翔起来。

皮皮是一个与传统意义上的理想女孩形象截然不同的有趣小姑娘。她不能算是一个好看的女孩，但她一定是令人过目不忘的。一头红发扎成了一边一个小辫子，鼻子上的雀斑调皮地散落着，她的嘴巴是很大的，加上她喜欢笑，所以让人把里面一口白亮的牙齿看得清清楚楚的。皮皮最叫人印象深刻的，是她的惊人力量。据说，这世界上没有任何一个警察有像她那么大的力气。她能不费吹灰之力举起一匹马。这可不是乱说的，每天下午到了吃点心的时候，她就把在门前台阶上转悠的马儿一把抱到花园里去，然后坐在台阶上气定神闲地吃她的肉桂奶油面包。

这个拥有着能点亮人心的欢乐笑声的女孩，是一个孤儿。皮皮的妈妈长什么样子，她已经记不太清楚了，妈妈在她很小的时候就飞到另一个世界去了。皮皮的爸爸是一艘海盗船上的船长，在一次风暴中被滔天大浪卷走了。皮皮坚信，爸爸绝对不是跑到某条大鱼的肚子里去什么的，而是漂流到了某个食人部落的岛屿上，当上了食人族的首领！也许正是因为经历了海风的粗犷与轮船的颠簸，皮皮拥有了女孩与儿童中少见的如大海般宽阔的性格。任何在其他人眼里看起来烦恼忧伤的事情，她总是能用一双与众不同的眼睛看到它们叫人愉快的另一面。没有成年人照料的九岁女孩，虽然得自己料理经营一切日常生活，可她觉得这种日子快乐极了！因为独自生活的皮皮不需要在玩得正高兴的时候，被大人强迫着上床去睡觉，也无须咽下那些大人硬掐着小孩脖子吞下去的鱼肝油。小女孩皮皮和这个世界上大部分小孩不太一样，过着一种独立自由的生活。

皮皮会自己动手做衣服。她用红红蓝蓝的碎布头缝了一条裙子，裙子虽然看起来有点不协调的坑坑洼洼，但那是她亲手做的裙子，它独一无二。皮皮请她的朋友汤米和安妮卡来家里玩的时候，能不费吹灰之力地给他们端出一盘热乎乎的煎饼。皮皮烙煎饼的场面实在是凌乱又壮观的。她像杂技演员一样把三个鸡蛋往脑袋上方一抛，其中两个不偏不倚地落在了锅里，还有一个则砸在了她的脑袋上。可皮皮才不会像大部分人那样气急败坏地吼起来，她满不在乎地用手擦擦从头上流下来的蛋液说："我听人家说蛋黄能让头发长得更快。"用手把锅里的蛋壳一一拣出来后，她拿起打蛋器对着锅子里的蛋液一阵狂打，把蛋汁溅得四处都是，然后麻利地把面糊倒进锅子里，一面煎熟后把饼猛地朝天上一甩，落进锅子继续煎反面，最后把滚热的煎饼像个飞碟一样直接从厨房飞到客厅地上的盘子里。汤米和安妮卡吃着滚热的煎饼，对皮皮面对锅碗瓢盆时的自如和她像魔法师一样把面粉鸡蛋变成美味点心的本事叹为观止。他们不晓得，能够把面粉鸡蛋在凌乱摔打中变成盘子里的煎饼，当鸡蛋掉在脑袋上的时候能笑呵呵而不是大吼大叫地把它擦掉，正是皮皮走上独立之路的必经之战。

皮皮懂得怎样把最普通的日常生活变得乐趣无穷。她带着安妮卡和汤米爬到老橡树上去喝咖啡吃点心。坐在茂密青葱的树叶下，晃着双腿眺望着地面，皮皮把前一天晚上烤好的小蛋糕递给伙伴们，拿着精致的咖啡杯，在咖啡里加上糖和牛奶，三个小孩像大人们一样一丝不苟地喝着午茶。可是，皮皮是不仅仅满足于把咖啡搬到树上去喝的。她突然拿起咖啡杯咖啡碟就往地上摔下去，不为了其他什么原因，只是想看看陶瓷的杯碟经不经得起摔。安妮卡和汤米就在这老橡树隐秘的树干下，在皮皮乒乒乓乓地敲盘子声中，度过了他们所经历过的最美好的午茶时光。童年的率真与梦幻，对一切事物比如瓷器掉在地上会不会碎掉这种不起眼细节的好奇心，也许是皮皮能够把最普通的咖啡时间，变成安妮卡记忆中最美好梦幻的午后时光的秘密所在。

皮皮又是一个无比慷慨的小孩。她没有父母，只身度日，却最懂得给予与感激。两个强盗跑到她家来，以为要打劫一个只有一只猴子和一匹马陪伴着的九岁女孩，一定是再容易不过的事。强盗们当然不知道，他们眼前的小女孩是“世界上最强壮”的小女孩。世界上最强壮的小女孩既然能打败马戏团里号称“世界上最强壮”的男人，能不费力气地把警察们打个落花流水，两个小小的强盗又哪里会是她的对手。可怜的强盗们自然是刚出手就被红发小姑娘打得哇哇求饶。可打败他们不是皮皮的真正目的，她是想跟他们跳波尔卡舞！于是一个强盗吹起了口琴，另一个拉着欢蹦乱跳的皮皮，把“有趣的栖息之地”[1]立即变成了热闹非凡的小酒馆。从半夜跳到凌晨三点，两个强盗腿也抬不起来了，嘴唇吹得也快破了，皮皮却粗气都不喘一下。她慷慨地从碗橱里拿出麦香四溢的黑麦面包，肥黄油亮的牛油，气味浓郁的乳酪，还有火腿、烟熏肉、牛奶，推到这两个起初企图抢她金币的男人面前：“你们一定饿了吧！”当强盗们走到门口准备离开时，她递给他们一人一枚金币，因为他们陪伴她度过了一个精彩的夜晚。

皮皮过生日的方式也是和其他小孩不一样的。为了准备生日聚会，她亲手装点客厅。桌子上的台布、地板上的地毯都是她自己缝的，那上面的花朵虽然看

1 皮皮家的名字。

起来有点奇怪，可皮皮说在中南半岛花就是长这个模样的。皮皮跟着她的海盗爸爸去过世界各地，所以她总能跟你形容巴西人的衣服是什么样子的，远东地区的人是怎么走路的，还有这样那样的传说。过生日那天，安妮卡和汤米为皮皮准备了一份包得很好看的礼物。她把礼物拆开全情投入地把玩一阵过后突然想起，她也有生日礼物送给安妮卡和汤米。谁规定过生日那天就只有寿星收礼物的？难道学校的学习手册上写着了？寿星也可以送礼物给来参加聚会的人啊！给汤米的礼物是一支象牙做的笛子，而安妮卡则收到了一枚蝴蝶形状的美丽胸针。生日聚会除了礼物，当然要有一桌丰盛的点心。皮皮给大家一人倒了一杯热巧克力，淋上鲜奶油，连猴子尼尔森先生和台阶前的马都受到了邀请。那一桌子的蛋糕看起来样子有点奇怪，可是皮皮说，在中国蛋糕都是这个模样的。安妮卡吃着奇怪的蛋糕说，如果中国的蛋糕都是这么好吃，那她长大以后一定要去中国。

皮皮不仅仅是一个突破传统概念的小孩形象。她更象征着生于20世纪初的林格伦们，对坚强独立乐观丰富的女性生活的追求与实现。从晃动着胡萝卜色的小辫子的皮皮跳到人们眼前的那一刻起，女孩们抱着金发洋娃娃、穿着泡泡裙的面貌终于在文学与故事中被打破了。所有的小女孩也许都能像皮皮那样，在天真与远大梦想中，在独立与乐观中，在孤独的北欧小木屋和狂野的海风中度过童年，学习着走上人生的独立之路，寻觅到属于自己的生命坐标。然后有一天，小女孩们会长成像高个子金头发的林格伦一样的精彩迷人的年轻女人，伸开她们强壮又温柔的手臂，向着世界拥抱过去。也许她们会成为将生命献给科学的玛丽·居里，也许她们会变成行走五湖四海的艾拉·玛娅尔，也许她们只是一个普通快乐的面包师、图书管理员或者清洁工，也许她们会变成叱咤在大海上的海盗。无论她们做着什么职业，生命都因为那份艰难获得的独立而变得高贵尊严。

翻开《长袜子皮皮》，看着苍老的林格伦的头像，她那调皮的微笑，眼神中的豁达不羁，仿佛转瞬之间，眼前的金发老太就变成了穿着长袜子的女孩皮皮。

皮皮的煎饼

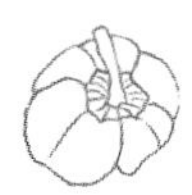

面粉180克，鸡蛋2个，牛奶250毫升，牛油40克，泡打粉1小包（11克），糖2汤勺，盐1茶勺。

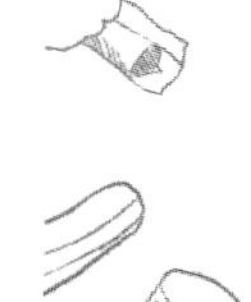
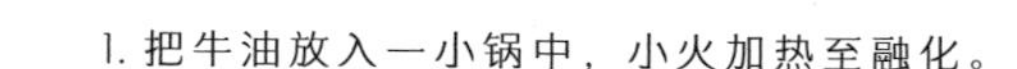

1. 把牛油放入一小锅中，小火加热至融化。

2. 把鸡蛋的蛋清蛋黄分开。蛋黄与一半的牛奶搅打均匀。

3. 取一大碗，倒入面粉和泡打粉，混合均匀后在面粉混合物中用手挖一个“小坑”，慢慢倒入牛奶蛋黄混合液，边倒边不停搅拌，加入盐、糖、融化了的牛油，全部搅至均匀，放入冰箱冷藏1小时。

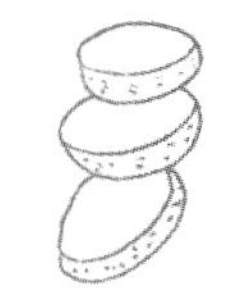

4. 1小时后把蛋白用打蛋器打至中性发泡，轻轻拌入面粉蛋黄糊中。

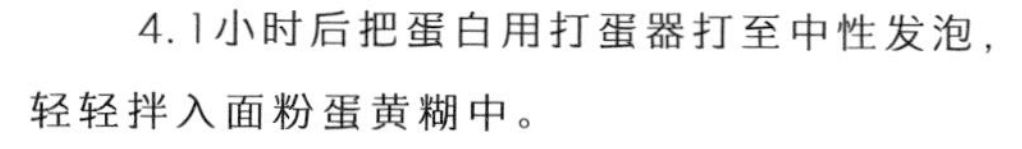

5. 取一不粘平底锅，烧热后加入少许植物油，加入一大勺面糊，尽量摇晃平底锅把面粉糊摊成圆形，中火煎2分钟左右翻面再煎1分钟。依此步骤至所有面粉糊用完。

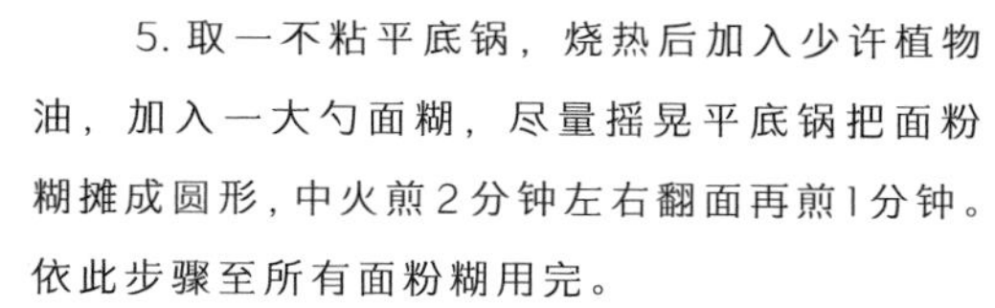
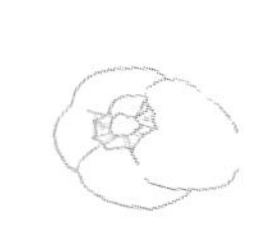

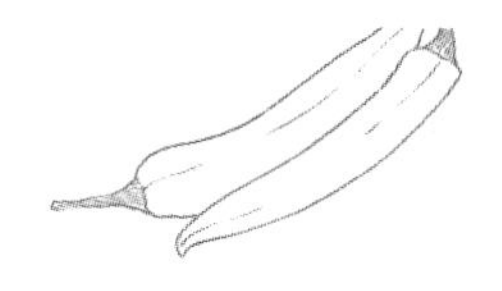
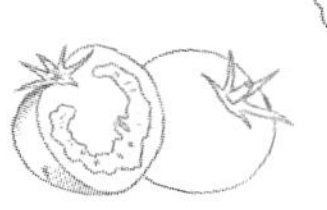

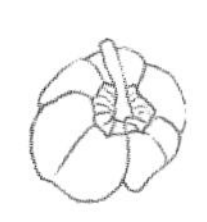

如果你想体验皮皮式的杂耍煎饼游戏，你当然可以像她一样把鸡蛋往天空中抛上去，再用锅把它们接住。但是，你得拥有和皮皮一样的幽默豁达，假如蛋黄液掉在头上的话，毫不在意地笑嘻嘻地把它们抹掉，而不是大吼大叫暴跳如雷……

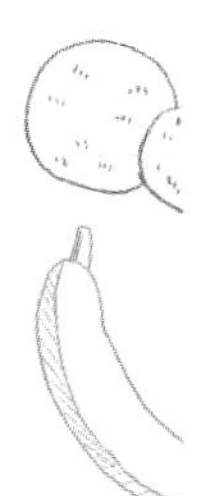

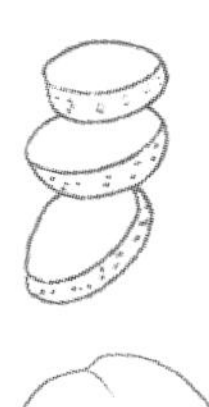

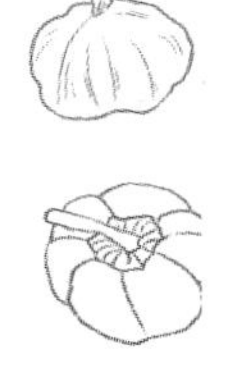

匹诺曹
的
米兰炖饭

卡洛·科洛迪

《木偶奇遇记》意大利文版封面

——明天你的心愿终于要实现了。

——什么意思？

——从明天开始你将不再是个木偶了，你会变成一个真正的小男孩。

匹诺曹听到这个意外的消息时，脸上那种难以形容的喜悦，没有亲眼看见的人是难以想象的。所有他的朋友和学校里的同学们，第二天都将受到邀请，到仙女家吃点心庆祝这一意义非凡的事件；仙女事先准备了两百杯牛奶咖啡，四百只上面下面都涂满了黄油的小面包。这将是美好又叫人欢欣雀跃的一天……

——《木偶奇遇记》[1]

地图上这个形状如同靴子名字叫作意大利的国度里，有那么一片森林繁茂土壤富饶，山谷连绵屏海而

---

1 《木偶奇遇记》（*Le avventure di Pinocchio*）是意大利作家卡洛·科洛迪（Carlo Collodi，1826—1890，科洛迪是作者的笔名，其真名为卡洛·罗兰奇尼）发表于1881年的小说。本文中所有意大利语原文翻译均出自本书作者之手。使用的意大利语版本为：Carlo Collodi, *Le avventure di Pinocchio*, Santarcangelo di Romagna, RL Gruppo Editoriale srl, 2008。

立的土地——托斯卡纳。那是一片既沉着深厚又愉悦轻灵的土地。它浓密的松林中隐藏着神秘与未知的精灵气味，它连绵的山谷里环绕着哲思与诗情的空气。它富足多产的土地养育了一方具有务实精神又饱含民间智慧的人民，而它倚海而站的位置则令它自古以来，站在了东方与西方财富以及文化交换的最高位置。就是在这片糅合了山林的深广与大海的飘逸，结合了最高远精深的贵族文化与最朴实无华的民间智慧的土地上，诞生了但丁与彼特拉克，美第奇家族与《君主论》，科洛迪和他永远的小木偶——匹诺曹。

卡洛·罗兰奇尼出生在佛罗伦萨老城区一条古老斑驳的小巷——塔迪亚街[1]。当厨子的父亲和做女佣的母亲，将属于托斯卡纳底层人民的务实精神、聪敏睿智与幽默犀利，通过点滴细琐的日常细节不经意地刻入了科洛迪的心智中。在当地贵族家庭吉诺利[2]的帮助下，科洛迪得以在一所宗教学校接受修辞学以及哲学的教育。与此同时，十七岁的科洛迪进入了佛罗伦萨当地的一家书店当学徒。也正是因为在青葱岁月时，

1 Via Taddea，佛罗伦萨历史中心一条著名的街道。塔迪亚街的名称来自佛罗伦萨当地的贵族——塔迪亚家族。塔迪亚家族主要从事银行业、羊毛交易，从14世纪开始就成为当地势力庞大的贵族力量，为美第奇家族的联盟。画家拉斐尔等人都曾是塔迪亚家族的客人。

2 吉诺利（Ginori）是佛罗伦萨众多古老贵族家族中的一个，至今依然存在。

得以触摸、闻嗅、翻动、阅读一页页古老又精彩的故事与文字，这个厨子的儿子走上了一条与他的父亲母亲截然不同的道路。从为报纸杂志投稿，到创立属于自己的讽刺幽默期刊，受国家教育部的邀请编写佛罗伦萨当地口语用语词典，昔日卑微的小学徒在一个动荡变迁的时代中，依靠着他的才华与智慧一步步向上攀登着。1881 年，科洛迪的小说《木偶奇遇记》第一次在《儿童杂志》上以《木偶的故事》为标题得到发表。从此，科洛迪与但丁和美第奇家族一样，成为托斯卡纳土地上一个永恒的印记。

这个留着山羊胡子，神情中总是透着那么几分讽刺意味的小老头儿，从最底层世俗的小巷一路走入了世界儿童文学的先贤祠。属于托斯卡纳独特的雅俗糅合，以及那来自民间社会的犀利通透，始终是他文字与思想的灵魂所在。对贫寒低微的切身体会给了他某种最自然的务实精神，也令他拥有了最朴素的生活智慧；在人情现实中的翻滚跌爬令他对人与事的审视洞察犀利通透，又始终带着几分玩味的嘲讽；精深宽广的传统贵族教育与饱含理想主义的人文信仰令他轻而易举地就能将浪漫色彩糅进市井智慧中，在讽刺嘲笑中忽闪着希冀与向往。科洛迪是属于托斯卡纳的，而他笔下的匹诺曹，除了给五湖四海的儿童带去了无数纯真的欢笑，也向世间的每一个成年人讲述着一个犀利的人世寓言。

除了他的身体是木头做的以外，匹诺曹是个与大部分小孩没有什么太大区别的儿童。他对到学校去学习知识是一点兴趣都没有的，追在蝴蝶后面跑、上蹿下跳地爬树捉鸟倒让他精神抖擞。对大人们所说的要学习一门手艺长大好有一口饭吃，匹诺曹嗤之以鼻。他宣称这世界上只有一门手艺是真正适合他的，那就是从早到晚吃吃喝喝睡觉玩要闲逛度日。吃喝玩乐这门手艺既不需要花力气学，从早到晚做也不会觉得无聊，何必自讨苦吃学什么其他的手艺？真心给予他帮助与建议的人们，因为话说得太过衷心诚恳，与他信服的吃喝玩乐过日子的信条截然相反，也就难免惹得他天真粗疏的孩童心智暴跳如雷起来，比如被他用榔头打得一命呜呼的说真话的蟋蟀。至于那些信口承诺各种不劳所获以及荒唐财富的奸诈小人，因为他们巧舌如簧的华丽外衣与空头承诺如糖果一般的致命吸引力，让本能憧憬着懒惰生活的小孩匹诺曹，总是浑浑噩噩地就被牵着鼻子跳进了陷阱中，比如把他骗得差点送了命的狡猾的狗和奸诈的猫。

天真热情，善良且具有自发性，充满希望又缺乏耐力与坚持，懒惰且喜好直接容易的事物，是木匠吉佩托雕刻出来的匹诺曹的本真性情，更是天下大多数儿童性格的初始面目。与其像吉佩托一样，踏实钻研一门手艺温饱糊口，小木偶匹诺曹就是会不由自主地用他小孩的心智去琢磨，怎么样能不费力气地就帮爸爸赚到更多的钱。一听到“傻瓜国”里有那么片神奇的土地，只要把五枚钱币埋进去就能收获一千个金币，匹诺曹二话不说跟着别有用心的猫和狗就出发了。是哦，这样不费力气的舒适梦幻是多么贴合儿童们天真的期盼，又是多么符合他们安于闲散喜好懒惰的可爱本性！也许还不仅仅是儿童！有多少和你我一样早已告别了童年的大人，在人生分分秒秒的选择中，有意无意地就向着困难却诚恳的道路背转了身，而朝着某些更简单却未必明亮的小径，毫不犹豫地狂奔而去！

从一截樱桃木变成一个能走会跳的调皮木偶，再历经奇遇成为一个真正的小男孩，来自托斯卡纳的匹诺曹和世界上成千上万的小孩一样，美味的食物对他来说总有魔法一般的力量。再懒惰的小木偶，在他饿得前胸贴后肚的时候，都会想尽方法不顾一切地给自己变出一个喷香金黄的奶油煎蛋。惰性在食欲的本能面前，软弱得像轻飘的羽毛。嘴巴再挑剔的小鬼头，被饥饿这个魔鬼侵蚀了一天一夜以后，都会毫不讲究地把酸涩的梨子皮和坚硬的梨核两口吞进肚子里。娇气矜贵在果腹求生面前，如同游荡在阳光下的肥皂泡，瞬间就不见了踪影。

“这药是甜的还是苦的？”一个世界上所有小孩都皱着眉头问过的问题，木偶匹诺曹当然也不例外。即使病入膏肓，匹诺曹也是不肯喝苦口的良药的。为了让他喝药，蓝头发的仙女得先给他一块糖吃。等木偶把糖吞进了肚子，再把药端到了嘴边，一闻到那苦涩的气味，他又不肯喝了。他要问你讨第二颗糖，吃完第二颗糖他说枕头弄得他难受，把枕头拿走了他说门弄得他难受。不到抬着棺材的兔子们出现在他的面前，不到死神的门槛离他只有一步之遥，他是决不会把那碗苦得令人皱眉的汤药一口气灌下肠胃去的。“如果糖能治病就好了，我一定每天自己给自己治病。”匹诺曹的这句肺腑之言，是不是也是天下小孩所热切渴望的？是不是更是天下大人在心中默默盘念，又只能偷偷想却决不敢付诸行动的可爱的小罪过？

木匠父亲吉佩托是很贫穷的。但即便再穷困潦倒，他终究是能够依靠自己的一双手，为他和匹诺曹赚点果腹的钱，让小孩有个煎蛋可以往肚皮里填，再拿着新买的字母表去学校学手艺。可匹诺曹就是一个不懂得珍惜眼前的梨皮梨核，垂涎着人家碗里的茄汁炖鱼、帕尔玛芝士烩大肠、猎人炖野兔、鹌鹑兔肉青蛙蜥蜴焖葡萄的，有点贪心的善良小孩。他不懂为了有一天也许能吃上茄汁炖鱼和芝士烩大肠，你得先满足于眼前的果腹之食，再通过两只手的劳作赢得属于自己的食物。因为那些通过走捷径吃到山珍海味的人，要么最后在医院里度日，要么过上了永远的牢狱生活。这样看似简单的生活道理，长着木头脑袋的匹诺曹不懂也不想懂。于是他卖掉了父亲通过典当衣物给他买来的字母表，跑到马戏团去看马戏；于是他把人家用来接济吉佩托的五个金币稀里糊涂地送给了狡猾的狗和瞎眼的猫；于是他从原来的贫寒温暖之家混迹到了牢狱与大街上。

流浪街头的小木偶很快就意识到，失去了父亲庇护的他，不要说吃梨皮梨核了，连讨一口水喝都变成了一件不怎么容易的事情。如何才能填饱肚子呢？他深夜跑到葡萄园里去摘葡萄，结果被主人抓了起来。为了惩罚小偷小摸的木偶人，主人让匹诺曹给他当看门狗。好不容易重获自由后，如何填饱肚子依然是个让他头皮发麻的难题。要不要去讨饭呢？还是去找份工作，靠干活让自己有饭吃？想到要开口向不认识的人讨饭，匹诺曹多少是有点羞愧的。父亲吉佩托跟他说过，只有老人和生病的人才有权利要饭，其他所有的人都应该靠工作养活自己。可是，张开嘴巴问别人讨，比自己花辛苦力气总归还是要简单很多的。羞愧归羞愧，匹诺曹决定，还是讨吧。没想到那些被木偶索要的人都有着相同的反应，要吃的可以，匹诺曹得先帮他们干活。闻所未闻！这些人居然有脸皮让一个肚子饿得咕咕叫、头脑饿得发昏的小孩帮他们干活！只有干活才能有饭吃！他匹诺曹可还从来没干过任何的活！不谙世事天真简单的小孩们常常喜欢紧握着某种盲目无谓的骄傲与自尊。匹诺曹可以轻而易举地放下尊严去讨饭，但要他承认人必须工作才有饭吃这样的事实，他的自尊与自我中心好像立即就受到了巨大的挑战。好心的女人承诺匹诺曹，如果他帮女人把水桶搬回家，他就可以吃到一大块面包、一碗油醋炖花菜，还有一颗糖包杏仁。最终在糖包杏仁甜蜜香脆的诱惑下，小木偶把水桶顶在了头上，艰难无比地跟着女人走回了家。那是匹诺曹第一次通过自己的力气，换回了面包、花菜和糖果。他那么饿，眼前的食物看起来那么宝贵，这餐饭他风卷残云又无比珍惜地把它们咽进了肚子里。

一个小孩从浑浑噩噩走向清醒，从散漫随性走向理智责任，从天真的自我中心走到懂得倾听与理解的彼岸，那是一条漫长艰辛又五味杂陈的曲折道路。走在这条路上的小孩们，有的幸运如匹诺曹，在仙女的引导搀扶下，一路走向了明朗，最终品尝到了成为一个真正男孩的美妙滋味。大部分其他的小孩并没有同样的运气，在漫长路途中有的变成了终日哀嚎的毛驴，有的则变成了失去羽毛的孔雀，一生在黑暗无光中潦倒度日。

昔日调皮顽劣的木偶看似越来越听话，渐渐懂得上学读书劳动的用意所在了。当仙女承诺他，他即将变成一个真正的小男孩时，那一刻他的满足与幸福是真切又诚心的。他向仙女发誓，他再不会轻易陷入懒惰的诱惑与寻找捷径的陷阱中去了。他的誓言同所有天真软弱的小孩的一样，听起来如此铿锵有力，却又实在令人难以信服。像母亲一般对他包容忍耐的仙女才刚刚为他准备好咖啡牛奶和涂着黄油芳香四溢的小面包，他就禁不住蜡烛心的游说，跟着他和一群与他们一样贪玩懒散的小孩向着传说中的“玩具王国”浩浩荡荡地出发了。“玩具王国”真是天下小孩们梦寐以求的一片土地！那里既没有学校也没有老师，更不存在书本这些叫人头疼的东西。小孩们在“玩具王国”里是不需要学习的，因为星期四是休课日，而一个星期呢则由六个星期四和一个星期天组成。假期从每年的 1 月 1 日开始，到这一年的 12 月 31 日结束。小孩们每天从早到晚唯一的任务就是玩耍，等天黑了再上床睡觉，第二天继续。蜡烛心向小木偶绘声绘色地描绘这片令人垂涎的王国时，匹诺曹在心里赌咒发誓他绝对不能动摇，绝对不能再不遵守他对仙女的承诺。可好吃懒做无忧无虑度日，这样简单又不负责任的生活选择，终究是要比成为一个真正理智的小男孩，更有诱惑力也容易得多。

匹诺曹和他的朋友们就这样在美妙的“玩具王国”度过了整整四个月的时光。直到有一天，他的头上长出了一对驴子的耳朵。直到有一天，当他张开嘴巴说话时，发出的是像驴子一样“昂昂”的叫声。所有当初争着抢着要到“玩具王国”去的孩子，无一例外地变成了毛驴。当他们发现原来用来说话的嘴巴现在只能发出牲畜的嚎叫声，当初用来写字母算算术的双手变成了粗笨的蹄子，以前用来背书包文具的背脊变成了驮粮食的工具，再天真不懂事的小孩也流下了恐惧与后悔的眼泪。而一旦你从人变成了驴子，从前温柔地抚摸你肠胃的米兰炖饭也好，那不勒斯茄汁面条也好，立即就变成眼前一大盘粗糙而难以下咽的枯黄稻草了。

小木偶匹诺曹最终扔掉了懒惰与胆怯，依靠自己的智慧与力量、坚强与勇敢，救了父亲吉佩托的命，治好了仙女的病，变成了一个真正的男孩。如果人们以为，这只是一个讲给儿童听的道德故事，那实在是有点辜负了科洛迪幽默中带着深刻的托斯卡纳精神。有多少成年人，不是如匹诺曹和蜡烛心一样，翘首期盼着“玩具王国”的出现？有多少成年人，不是如傻瓜一样，被赶着马车挥着鞭子的梦想制造者们，哄着骗着来到了“玩具王国”，从此丢弃了属于人的一切智慧与内心生活，安心过着无须思考看似没有痛苦的驴马生活？有多少成年人，一生如顽劣的小木偶一般，一次次向着懒惰的捷径昂首迈步？

所以，下一次，当你我准备转身向着慵懒与容易的选择走过去时，请想一想托斯卡纳的科洛迪和他的木偶匹诺曹。请想一想，历尽艰难后人们盘中的金黄灿烂的米兰炖饭，以及好吃懒做的驴子们栅栏前堆放着的粗鄙茅草。

把这碗米兰炖饭送给所有值得品尝它的高贵灵魂。

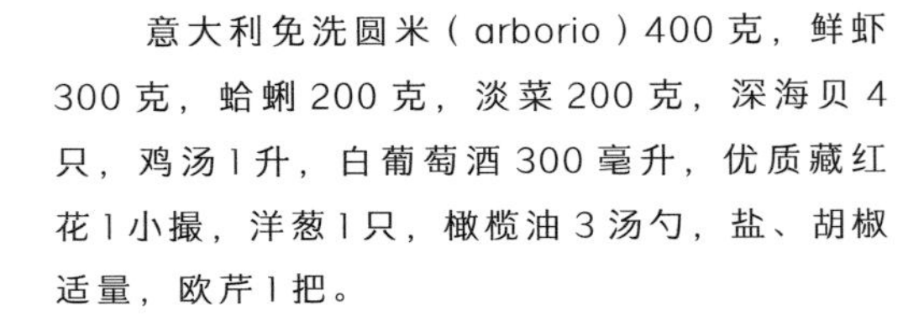

米兰炖饭
（4 人份）

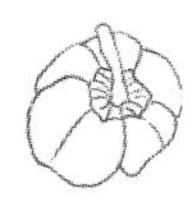
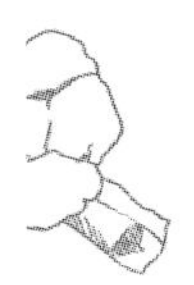

意大利免洗圆米（arborio）400 克，鲜虾 300 克，蛤蜊 200 克，淡菜 200 克，深海贝 4 只，鸡汤 1 升，白葡萄酒 300 毫升，优质藏红花 1 小撮，洋葱 1 只，橄榄油 3 汤勺，盐、胡椒适量，欧芹 1 把。

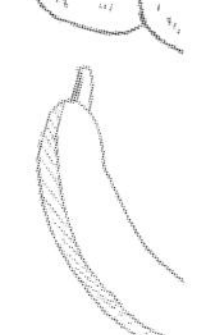

1. 取一小碗，放入藏红花，加入温开水浸泡 30 分钟。

2. 将高汤和白葡萄酒放入一个锅子煮开，加入虾子煮 2 分钟捞出，扇贝也煮 2 分钟捞出。然后加入淡菜和蛤蜊，盖上锅盖，煮 3—5 分钟到所有的贝壳都打开就可以捞出了，放在一边备用。

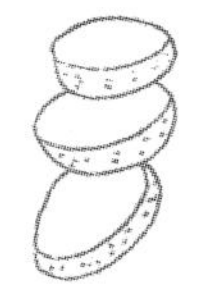

3. 取一炒锅，加入橄榄油和洋葱粒，中火炒 5 分钟后，放入白米，炒 2 分钟等米变透明后，倒入藏红花水，不停搅拌至水完全吸入米中，然后用大汤勺加入刚才的高汤白葡萄酒，每加一勺都要不停搅动米，让其充分吸收水分，再加入另一勺汤汁，不停重复此步骤，这期间米要一直保持湿润，但也不能太稀。米即将熟还略微有些硬时关火（这一过程大致需要 17 分钟），倒入煮熟的各种海鲜，盖上锅盖焖 5 分钟。最后用胡椒和盐调味，撒上切碎的欧芹即可。

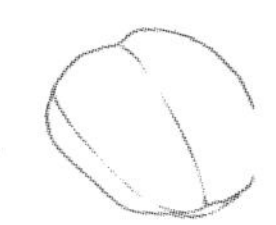
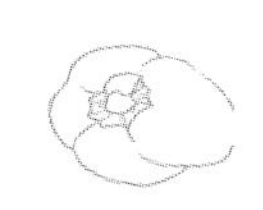

马塞尔的普罗旺斯煎蛋

马塞尔·帕尼奥尔

《母亲的城堡》法文版封面

然而在我的故乡普罗旺斯，松树和橄榄树的树叶只有在生命的尽头才会变得枯黄。九月的第一场雨水，将繁茂的枝叶洗刷得越发葱绿，好似重新回到了四月天。在长满矮小灌木的平原上，百里香、迷迭香、杜松、橡树在薰衣草的包围下，保持着它们永远翠绿的枝叶。寂静的山谷底，秋天就这样悄无声息地滑进了这片土地……一天天相似的假日生活好像停止了时光的流逝，而那逝去的夏天却没有一丝的皱纹……

——《母亲的城堡》[1]

---

1 《母亲的城堡》（*Le château de ma mère*）是法国作家、电影导演马塞尔·帕尼奥尔（Marcel Pagnol，1895—1974）出版于1957年的自传体小说。帕尼奥尔从20世纪50年代起，创作了以其亲身经历为原型的系列自传体小说《童年记忆》(*Souvenir d'enfance*)，《母亲的城堡》是该系列的第二部，其他三部小说分别是《父亲的荣耀》（*La Gloire de mon père*，1957），《秘密时光》（*Le Temps des secrets*，1960），《爱恋时光》（*Le Temps des amours*，1977）。其中《父亲的荣耀》和《母亲的城堡》在出版后获得了巨大的商业成功，《母亲的城堡》更是成为1958年全法国销量第一的畅销作品。1990年这两部小说分别被改编拍摄成电影。文中所有法语原文翻译均出自本书作者之手。使用的法语版本为：Marcel Pagnol, *Le Château de ma mère*，Editions de Fallois，1988。

他从普罗旺斯恬淡小镇上的静谧喷泉前，一路飞到了巴黎十六区矜娇的福煦大道[1]上空；他从埃克斯平凡的中学讲台边，步步跋涉站到了花都最热闹璀璨的戏剧舞台中；他从派拉蒙优雅的摄影棚走出来，穿着镶上黄绿色橄榄叶的礼服，坐上了法兰西学院尊贵的第二十五号院士座椅。当普罗旺斯的小男孩变成了福煦大道上的名流，当点滴岁月在他的脸孔上划下了无数印记，当昨天早已变成了纠缠今日的如丝回忆，这个叫作马塞尔的祥和小老头儿开始坐到书桌前，把属于他的普罗旺斯记忆和烙在心间的透明时光，不加修饰地讲述给所有正在经历雀跃童年的小孩，以及无数惆怅怀念往日无忧时光的成年人听。

他生于普罗旺斯腼腆的小城里，长于地中海沿岸慷慨热烈的阳光下。清幽闲适虽然是外省世代传承的天然气质，然而大胆创新于他来说，却又好似某种与生俱来的直觉。父亲的一路，虽然走得踏实又骄傲，做儿子的却要去寻找开创属于他的广阔天空。他先是像正直的爸爸一样，成为一名普通的英语教师，从外省的讲台前调到了首都的黑板下。在这个叫人眼花缭

1 福煦大道（Avenue Foch）是从巴黎最著名的戴高乐广场延伸出来的十二条大道中的一条，巴黎市区内最昂贵奢华的地段之一。

乱爱恨交织高傲迷惑的城市里，他慢慢地发觉，他对教学的兴味也许并没有那么深厚，对讲台的依恋更是比不上他自小热爱的文学与艺术。于是他将父亲从事了一辈子的教师职业搁置到了一边，在这个每一个毛孔都被文艺包裹着的城市的引领下，走入了戏剧，走上了舞台。他将令他思念怀恋的普罗旺斯和蓝色的港口城市马赛搬上了舞台，于是有了著名的《马赛三部曲》[1]。一个又一个散发着南部土地与山林清香的故事，一幅又一幅真实地展示着这片土地上人群面目的肖像画，让马塞尔从剧院走进了摄影棚，成为法国早期有声电影时代最重要的电影人之一。接着，他又成为第一个入选法兰西学院院士的电影工作者。从这一格又一格铺着红地毯的台阶上走过，他依然不满足。他要把自己出生成长奔跑热爱过的那片土地，用文字描摹下来。他要把属于他，也属于这个世界上一切敏感心灵的，简单纯粹的童年的哀与乐，一字一句地记载下来。他要用笔去追寻塑造了他人生轮廓的父亲的背影，以及给予了他敏锐多情的灵魂的母亲的脸孔。他要用他的故事，来唤醒开启你我心中那个羞怯地深藏着的，

1 《马赛三部曲》（*Trilogie marseillaise*）是马塞尔·帕尼奥尔在20世纪20年代末创作的三部戏剧作品:《马里尤斯》《芳妮》和《恺撒》。三部作品后又分别被改拍成电影，其中《马里尤斯》由美国派拉蒙公司投资，后两部则由帕尼奥尔自己成立的电影公司拍摄。

属于童年的梦。

那年夏天，九岁的马塞尔将他的暑假时光挥洒在了清晨静谧潮湿的森林中，午后炽热闲散的山丘间，以及夜晚知了声环绕的清朗星空下。

每个黎明天色一片漆黑时，父亲会悄无声息地滑入儿子的房间，在他的耳边低语着，向稚嫩的男孩发出打猎的邀请。睡眼惺忪中把咖啡牛奶灌下肚，熟练地给猎枪装上弹药，带上被大人们填得饱满踏实的午餐篮，马塞尔跟着父亲和叔叔一起，向着晨曦里的森林走去。两个大人扛着猎枪走在后面，机敏灵巧的男孩则走在前面充当着猎犬的角色。他悄无声息又精力充沛，树枝上停留着的山鸠，洞穴里藏着的野兔，没有什么逃得过他敏锐的眼睛、机警的听觉。只要一发现猎物，马塞尔就像水手一样，对着远处的大人们挥手示意。当猎物随着扳机扣动的巨响从天空坠落时，他又立即飞奔而去，把它们一一拾回来。午后橄榄树荫下，父亲从食品袋里拿出来的面包肉酱用它们最朴实的味道慰劳着男孩饥肠辘辘的胃。至于大人们每天从天上打下来的野味，不但变成了餐桌上的那些红酒炖野兔、野莓汁山鸠肉、葡萄炖鹌鹑，还被儒勒叔叔用来做生意卖给了房东……出行狩猎是那个夏天从城市来到乡下的男人与男孩们，每天如宗教仪式一般不变的固定活动。当马塞尔狂奔着追着山里的野兔，他不再是那个即将准备中学考试的天才男孩；当爸爸熟练地瞄准着乌鸦，他也不再是那个严谨的国家教员。城市拘谨而缺乏变化的棱角被乡村的自然与简单性情取代了。

马塞尔遇见立立的那个早晨，一切都与平日一样地进行着。只是这天在丛林中信步闲逛的他，既没有逮到野兔也没有发现山鸠，而是在一个被人精心摆放着的陷阱旁边，碰上了一个黝黑机灵，与他年龄相仿的乡下男孩。立立长着一张典型的普罗旺斯面孔，棕色的头发、棕色的眼睛和一身被南方的艳阳打磨得棕黑油亮的皮肤。他赤着脚像一只野猴子一样穿梭在森林中，那些四处可见的精致巧妙的陷阱正是他的杰作。立立摆放陷阱捕获山鸟的艺术令马塞尔艳羡不已，而这个从城里来的斯文男孩居然在山野间也能应付得游刃有余，也让乡下小孩印象深刻。“你如果愿意的话，我可以教你怎样摆陷阱。”一段一生的友谊就这样围绕着野兔山鸟展开了。

从那天开始，每个清晨立立都会坐在院子里的无花果树下，边准备着他的陷阱，边等着马塞尔一起上路打猎。立立实在是令马塞尔有点崇拜。好像关于乡村和自然的一切，没有什么是他不晓得的：森林里的哪个角落中隐藏着一口山泉；山谷里什么地方有采不完的蘑菇、野菜、浆果。他会用蒲草的叶子做成一支长笛，吹起俏皮又动听的调子；他能把枣树无花果树分辨得清清楚楚丝毫不差……

奔跑行走寻找了一个上午，山泉边、野草上、树荫下的丰盛午餐，是所有人一天中最惬意舒适的慵懒时光。食品袋虽然总是被填得满满的，两个大人两个小孩却每天都将那里面的食物吃到连面包屑都不剩。羊排被摆在铺着迷迭香的炭火上烤着，羔羊肉中渗出的油脂吱啦吱啦地滴淌在木柴上，飘忽隐闪的肉香混合着刺鼻干燥的迷迭香，普罗旺斯的气味就这样荡漾在山林间，然后永远地留在了马塞尔的记忆中。每天必然会出现在食品袋里的一样东西，是事先准备好的普罗旺斯煎蛋。厚实的煎蛋里混杂着干百里香的碎叶，一口咬下去番茄块清甜的汁水在唇齿间轻洒流淌，百里香在嘴中铺展出的淡淡苦味清远悠长。立立和马塞尔总是大口大口畅快满足地吞咬着一块块的冷煎蛋，好像它的朴实简单，它的清澈爽口，正是童年单纯的味蕾所寻觅等待的。

咽下最后一块乳酪，嚼完最后一块面包，两个大人在树下睡起了午觉，立立和马塞尔则一个陷阱一个陷阱地去查看，瞧瞧这个上午是逮住了一只狐狸，还是俘虏了一群山鸠。立立总能丝毫不差地找到陷阱摆放的地方，马塞尔则会为了每一个小小的收获欢呼雀跃地狂奔乱跑。

立立向马塞尔讲述着他的乡村，马塞尔则向立立描绘着他的城市。虽然一个长在枣树下从早到晚赤着脚奔跑在山丘里，另一个生在商店林立甚至已经有小汽车穿越而过的城市里，两个小孩的心灵却没有任何隔阂地就这样紧贴在了一起。当人们还是小孩子的时候，背靠背坐在同一棵橄榄树下，嘴里咬着同样的番茄煎蛋，似乎是一件很容易就能做到的事情。

假期的结束总是一件令小孩们撕心裂肺的事情。大人们虽然也心怀不舍，可他们终归还是被现实牵扯着的。城里的商店叫他们有点怀念，家里的煤气炉到底是比乡下的柴火方便，还有泡在芬芳清爽没有成群苍蝇飞虫的浴缸里的小小快乐……然而小孩们却不一样，在他们单纯细小的世界里，一旦他们被某一种情感或理想俘虏，那么为此舍弃任何的物质舒适，对他们来说都是自然而然的。马塞尔把即将离开这普罗旺斯的丘陵和他的伙伴立立，看作人生的第一场悲剧。他搞不懂大人们怎么会如此俗不可耐，难道远山的芬芳还无法替代一个煤气炉？难道过着鲁滨逊一般自给自足的荒野生活，不比成为百万富翁更高贵？难道中学考试这样的事情，要比他和立立之间的友谊更重要？还有那满树的无花果，他们走了谁来吃这些果子？更不要提一地窖的红酒了……

儿童的世界里，再精细的山珍海味都抵不过午后树荫下的那口番茄煎蛋。再辉煌荣耀的奖赏，也都无法取代山间野外的恣意奔跑。至于那人生的第一份友谊，则更是无时无刻不在缠绕打乱着他们娇嫩的灵魂与思绪。为了他的普罗旺斯，为了他的荒岛梦，为了他的立立，马塞尔决定离家出走，找个隐蔽的山洞从此过着隐士的生活……

童年的魅力，童心的美好，也许正在于它的纯粹与狭窄，固执与宽广，敏感与脆弱。

回到了城市的马塞尔，一边忙于准备升学考试，一边掐着手指计算着下一个假期的到来。男孩的口袋里总是藏着立立送给他的制作陷阱的东西，握着它的时候，他好像握着一个承诺；炽热阳光下，干燥山谷里苍蝇嗡嗡作响的声音环绕在他的耳边；种着百里香的田野和淡紫微蓝一望无际的薰衣草在他眼前轻摇舞动。他度过了一个夏天的普罗旺斯，就这样在不知不觉与坚定不移中变成了他的故乡。

这一年下着冬雨的圣诞夜，在立立对马塞尔一家的迎接中拉开序幕，在满嘴的杏仁糖和甜栗子中走到了尾声。躺在床上毫无睡意的马塞尔，看着被酒精带入梦乡的立立，听着窗外雨点打在石板路上的声响，悄悄琢磨着用什么方法能说服他那个正直严肃又有点呆板的父亲，让他每个周末都能回到这幢不起眼的普罗旺斯小屋。

马塞尔的普罗旺斯梦，因为他善解人意的温柔母亲，终于得到了实现。在与丈夫学校的校长夫人缔结了女人之间的“市井友谊”后，约瑟夫获得了更宽松的工作时间表。而在说服了丈夫接受河道管理员的好意，以“勘探河道”为由，全家每周可以从河道边的私人领地走近路抵达他们的乡间别墅，马塞尔一家往返于城市与乡间的时间缩减了整整一半。

从那个春天开始，每个周六的早晨，马塞尔和弟弟背着衣物行囊，带着各色食品，与父亲母亲一起，沿着细长绵延的河水，开始了他们欢快怡人的穿越普罗旺斯之行。一路上除了那条灵动温柔的溪水，还零星矗立着三幢古老而尊贵的城堡。听河道管理员说，第一幢城堡属于一位来自阿尔萨斯的贵族上校。年迈的上校极少露面，倒是他巨人般的仆人和友善的看门人，常常会出现在当地的市集上。第二幢人称“睡美人城堡”的府邸，似乎早已被丢弃，人们从来没有在那里见过睡美人和她的王子。第三幢被阴郁冷漠笼罩的城堡则属于一位公证人，守卫的蛮横和那看门狗的凶悍，人人皆知。

马塞尔每次都主动走在众人的最前头。对他来说，那是一条通往故乡的路，一条让他与伙伴重逢的路，一场带领着他奔向橄榄树下番茄煎蛋的欢畅行走。他没有丝毫的畏惧，只有满心的兴奋与鼓舞。而娇弱的母亲一路上却总是心事重重。她害怕那些城堡里的主人会突然出现在他们的面前，挡住他们的去路，以擅闯私人领地为由，起诉她老实的公务员丈夫。一个月以后的某个星期六的早晨，当马塞尔正疾步穿越第一幢城堡领地的时候，从门前走出来一个器宇轩昂的白胡子老头儿。神色严厉嗓门洪亮的老头儿正是传说中城堡的主人，一位拥有公爵头衔的上校。就在母亲惊恐得颤抖起来，父亲紧张得不知道该说什么的时候，长着上扬胡子的老上校亲自为他们打开了城堡的门。从这天起，每个周六的早晨，当马塞尔全家来到上校的城堡前时，他的两个仆人都立即抢着卸下小孩们身上的行李，而上校则会在陪伴他的客人们穿越花园时，摘下一大把鲜红娇艳的国王玫瑰，彬彬有礼地献给长着棕色头发的母亲……

穿越河边城堡的美好时光就这样维持了整整一个春天。马塞尔的童年也在普罗旺斯透明的阳光下热情地绽放着。然而人生那些轻快无忧的纯净时光，却又总是不知不觉地就从指间滑走了。五年后，一辆黑色的马车载着曾经脸颊绯红手握玫瑰的母亲，永远地从这南部芬芳的空气里消逝了。赤脚奔跑在山谷里的立立，则在第一次世界大战阴冷的黑森林中，被一颗子弹瞬间带入了天堂。

变成了电影导演的马塞尔为了打造自己的电影王朝，在法国南部买下了一座城堡。当他有一天亲自站在城堡前，审视着眼前这幢似曾相识的威严建筑时，他才泪眼迷蒙地想起，这正是儿时令母亲害怕得发抖的那第三座城堡。

当父亲的背影早已变得苍老孱弱，当母亲的温言细语变成了记忆中飘忽的片段，当昔日伙伴的笑容成了睡梦中偶尔忽闪的画面，当童年天真又无情地把我们狠狠抛在了身后，那不时牵引着你我和马塞尔重回如梦童年的，也许正是曾经的那片天空的蔚蓝，那棵橄榄树的芬芳，以及那口煎蛋缭绕在唇间的清甜。

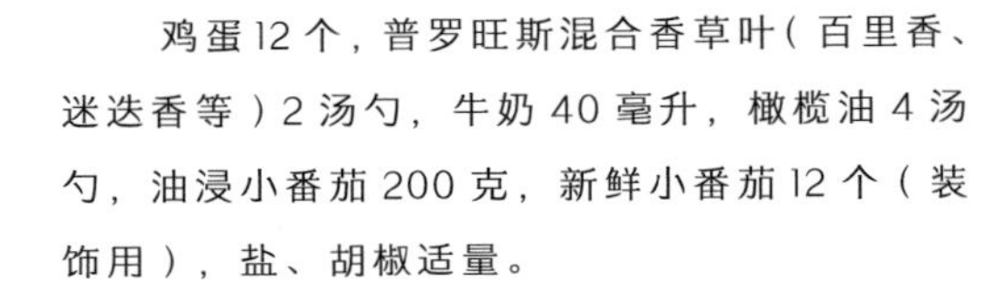

普罗旺斯煎蛋
（4 人份）

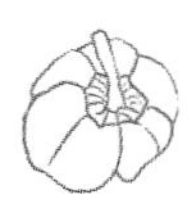
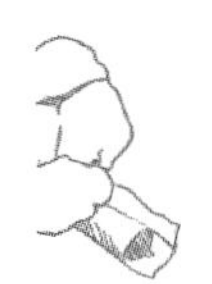

鸡蛋 12 个，普罗旺斯混合香草叶（百里香、迷迭香等）2 汤勺，牛奶 40 毫升，橄榄油 4 汤勺，油浸小番茄 200 克，新鲜小番茄 12 个（装饰用），盐、胡椒适量。

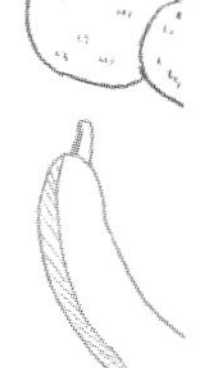

1. 取一容器，敲入鸡蛋，加入牛奶和普罗旺斯混合香草叶，搅打均匀后用适量盐、胡椒调味。

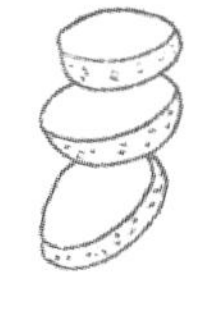

2. 将煎薄饼的小型圆形不粘锅（直径 12 厘米左右），抹上适量橄榄油，加入一大勺蛋液，中小火两面各煎 2 分钟左右，取出煎蛋备用。重复此步骤至完成 12 片煎蛋。

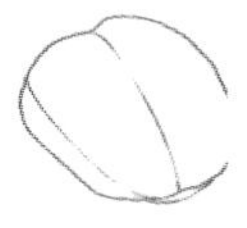

3. 在一片煎蛋上摆上适量油浸小番茄，再放上另一片煎蛋，重复此步骤，在第三层煎蛋上放几个新鲜小番茄作装饰即完成。煎蛋放凉食用口感最佳。

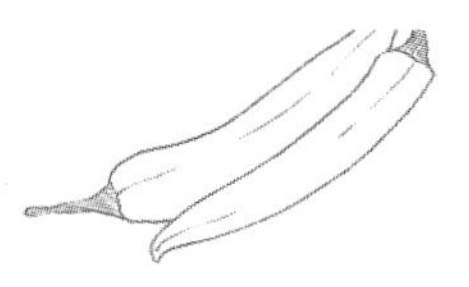

饥饿与
汉姆生的
诺贝尔文学奖

克努特·汉姆生

《饥饿》法文版封面

峡湾里，我重新站起来片刻。一半昏热与一半筋疲力尽中，我望着对岸的陆地。这一次，我是真的要同这个城市道别了。这个无数住宅与家园闪着星火光亮，叫作克里斯蒂安尼亚[1]的地方。

——克努特·汉姆生《饥饿》

峡湾纵横海岸险峻的挪威北部，有个叫诺尔兰郡的地方。这片大海冷峻空气清寒红屋沿海屏立的土地，除了盛产丰肥的鳕鱼，饲养着无数温顺的山羊，隐藏着世界上最壮观的峡湾海景以外，还养育了一个名叫克努特·汉姆生的奇异天才。

生于诺尔兰郡一个农民之家的汉姆生自幼即体验了“贫穷”“饥饿”“苦难”这些字眼的意味。虔敬的清教徒舅父对他施加的武断专制、以体罚和饥饿作为主要手段的教育方式，除了带给他成年后的神经衰弱，也给他留下了无法磨灭的可怖记忆。而北方坚硬的山川，寒冷的碧海，那景致中的灰涩粗犷，与从未

1 克里斯蒂安尼亚（Christiania）为挪威首都奥斯陆的旧称。

经历暖汤热食的阴冷童年，则造就了他深邃晦暗又真实犀利的人生目光。

从十五岁开始，汉姆生就过起了独立行走、走东窜西的游荡生活，靠着各种杂活小工勉强养活自己。在杂货铺打杂，给制作绳子的手工艺人当学徒，倒卖药品，为警察当助手，到小学去教书，只要是能让他赚到买黑面包钱的工作，他都来者不拒。瘦弱的青春期男孩靠着自己挣来的食物和零钱穿越了挪威。匮乏的物质生活与从早到晚伴随他的饥饿，非但没有成为他渴望飞向精彩宏大世界的障碍与束缚，反而给予了他某种表达创作的灵感之火。也许是旅途上的无限风光，也许是在海峡中与神秘萨米人的相遇，也许是游荡漂浮中的分秒激荡点燃了他血液中深藏着的艺术灵魂，从未接受过正规教育、一路自学的汉姆生，十七岁时决定要成为一名作家。

他的文学道路是在饥饿与游荡中铺展的。饥饿引领着他穿越了挪威，饥饿带着他走遍了克里斯蒂安尼亚的每一个角落，饥饿带着他走上了一艘开往美利坚的轮船，饥饿又牵引着他将足迹留在了美利坚的东南西北，然后带着他从大西洋的这边漂回了彼岸属于他的家园。饥饿既是自幼陪伴他的生理痛苦，又是引领他人生飞扬的精神导师。饥饿是他创作灵感的来源，更是他笔尖流淌着的血肉故事。

1894年，35岁的汉姆生将他人生中的那些饥饿篇章写成了一部小说，它的名字就叫《饥饿》。这个关于饥饿与流浪的真实故事，变成了他生命中最著名的小说。十几年以后，这个前半生都在饥饿中度过的男人获得了诺贝尔文学奖。

这是一个每一天都在克里斯蒂安尼亚循环发生着的故事。它看起来似乎每一天都不一样，实际上那重叠变化的画面后却隐藏着一张相同的面孔。清晨狭小的阁楼客房里，年轻的他正躺在床上望着天花板发呆。每一天，他都是在饥饿中醒来的。他在饥饿中倾听着陈旧的木头楼梯被房客们踩得吱吱作响。那些早晨的脚步是向着某个方向走过去的：或者是往街上拐角处灯光温暖的面包房，向着一天中的第一杯滚热的咖啡第一口柔软的肉桂面包卷走去；或者那是些走向辛勤劳作的脚步，有的向海风肆虐的码头走去，有的往简朴潮湿的小作坊走去，也有的朝着明亮舒适的办公楼走去。无论脚步走向何方，那些行走给它们的主人带来的是养家糊口的挪威克朗，让他们的肚皮远离饥饿。而他，既没有走向咖啡肉桂面包卷的钞票，也没有能让他带回食物的工作。于是他躺在床上，在昏暗寒冷中听着那些有奔头的脚步声，头脑里翻滚盘旋着的只有这么几个问题：这又一天的饥饿日子要如何度过？

有哪些地方，哪些人，哪些机遇，也许能让他获得几个充饥饱肚的铜板？有了那几个铜板，肚子里有几块面包几口牛奶，他也许能在这昏黑寒冷的房间里头脑清楚地写下一些故事。有了那些故事，也许报社的老板会破例预支一笔稿费给他。当然，这些都只是也许。此时此刻唯一确定的事实是，对他忠诚不变，在任何时刻都不离不弃的同伴只有一个，饥饿。

它是一个真正忠心耿耿的相随。它既是他身体里的一部分，好似一个无形的器官，又是他的灵魂伴侣。它不仅仅生存于他的肚皮中，还从那躯体的正中处一路上行扩张，攻击着他的胸腔侵占着他的头脑。那日复一日积聚起来的饿让五脏六腑如同被挤干扭曲的绳索，空无一物的肝肠每一次的搅动都激起他背脊发颤的疼痛。当那干涩与疼痛沉睡时，空空的胃里会升起阵阵恶心涌向胸膛，升腾到口腔中变成笼罩唇齿间的酸涩异味。这个看不见的魔鬼令他时而浑身炽热额头发烫，时而手脚冰凉冷汗淋淋；有的时候，他的眼前升腾起各种不存在的晶亮幻象；而更多的时候，他则如同一个精神涣散的疯癫灵魂，一刻不停絮絮叨叨地与自己对话。饥饿，它慷慨地拥抱着他的每一个毛孔，渗透着他的每一寸皮肤，热吻着他的每一根神经。

他并不是没有尝试过，去寻找一份可以填饱肚皮的活干干。事实上，他不停地带着他的饿，在冷风里东奔西跑，想尽一切办法赚一份糊口的薪酬。报纸上登的任何一个招工启事，当会计给人算钱，旅馆前台站台守夜，给工匠当学徒，他都不惜穿越整个城市去应聘。但是每次要么是被人捷足先登，要么缺少做会计工匠的天赋，两个零算成了一个零。糊口的克朗和果腹的面包于是一次次与他擦肩而过。谁叫他唯一真正痴迷，有天赋又会做的事情只有一样，就是写作呢？当你唯一想做、会做得像样的活儿，只有拿起笔讲故事的时候，无论是在15世纪佛罗伦萨的长廊里，还是20世纪克里斯蒂安尼亚的阁楼里，或者是今天世界上任何一个角落的咖啡馆里，也许饥饿都将是你生命里无法略过的重要篇章。

他是会写故事、热爱写故事、希望以写故事为自己活命的职业的。饿得额头冒冷汗的时候，他还是坐在点着蜡烛的阁楼里，用唯一的一支钢笔在纸上铺展着他的故事。有的时候房间里连最后一支蜡烛都没有了，没有买面包的钱更不会有买蜡烛的钱，于是他带着他的饿，浑身炽热头脑糊涂地跑到大街上路灯下去写。也有的时候为了换一口饭吃，他不得不把唯一的棉大衣当掉，结果被饥饿灼烧得头脑发昏的他，把唯一的钢笔忘记在了大衣口袋里。于是被饥饿侵蚀攻击鞭打着身体的他总是很难写出一个像样的故事；或者即使那故事被写出来了，因为这样那样的傻瓜理由，比如编辑的口味读者的口味这一段太艰涩那一部分不容易读，被一家家的报纸出版社拒绝着。于是，他唯一痴迷热爱并且会做的行当也没能给他带来肚皮渴望的面包。

他只好到街上去游荡。那既是一种走投无路无事可干的游荡，又是一种为了忘却身体里号叫撕裂着的饥饿的游荡。他在寒风里观察着一张张行人的面孔，从那些眼神表情里想象着属于他们每一个存在的故事。哪些肚皮里是丰腴充实的，哪些是与他的一样空无一物的；哪些是日子过得平静温和的，哪些的生命里是有那么几缕火花的。他沿着石板路一路追逐着发髻高挽长裙飘逸的年轻女子，他与她们调笑，不怎么善意地捉弄她们，在身体里那个魔鬼的鼓动与侵蚀下，大胆地骚扰着这些无辜的生命。她们是柔弱善良的，她们是他的仓皇岁月中唯一还让他觉得自己是活生生的生命之光，她们也是他一无所有的存在中唯一可以触及的短暂温存。

他因为一无所有而与饥饿相伴，他因为与饥饿相伴而终日游荡寻找，他因为流浪迷失而一无所获，他因为一无所获于是被饥饿紧紧相拥。

有的时候，他也会因为这样那样的运气，口袋里有那么几个铜板。那些铜板有的来自某个好心出版社总编的施舍，有的来自某个昔日被他追逐的女孩的给予，有的是因为他变卖了这条被子那件衣服，也有的是因为某篇被发表的文章。于是他拿着这些钱朝摆着浑圆面包柔软奶酪的橱窗走去，或者顺着小酒馆里飘出来的煎牛排的气味一路踉跄奔去。那些橱窗后面安静坐着的黄皮白皮奶酪琳琅满目得不真实；黑麦面包核桃面包肉桂小卷虽然躺在那里一动不动，却看似一个个在对他挤眉弄眼；至于人头攒动的小酒馆里飘出来的混合着黄油香气的牛排味道，则让他陷入一种无法动弹无法思考的瘫痪癫狂状态。

只是饥饿已经在他的身体中舒适地栖息了如此之久，食物的存在反而令全身上下都无法适应了。流着油的紧实红肉才刚被撕咬咀嚼吞咽下，他立即感到腹中升起的阵阵恶心在推击着他的胸腔食道。那种恶心比之饥饿引起的反胃更强烈更凶猛，它们是饥饿与食物之间的对抗，是痛苦与丰盈之间的较量，是撕裂与安宁之间的战争。那闻起来让人灵魂颤抖的滑动着血丝的牛排，非但无法抚慰他干涩扭曲的肠胃，反而让他翻江倒海地呕吐起来。看起来，他的肚子早已经习惯了一无所有的贫瘠，肥腻丰满在他干瘦的身体里已经找不到属于它们的位置了。

于是他就过着有好几个铜板时以面包牛奶充饥的“奢华”日子；口袋里铜板很少时，以干硬得咬不动的面包度日；其他大部分时间，他的身上一个铜板也没有，与食物分裂的饥饿是他的存在状态。

他在饥饿中挣扎拼搏着，在饥饿中探索搜寻着，在饥饿中燃烧创造着；他的精神和身体因为饥饿而扭曲撕裂、摇摇欲坠，可他的灵魂也在饥饿的鞭打推动下不断地寻找着新的光与热，挖掘着超越平凡与物质的不朽生命力，和某种来自身体最隐秘处的滚烫力量。饥饿在将他置于存在的绝望境地的同时，也让他拥有了如同野草顽石一般狂野开阔、生生不息的生命面目。饥饿让他不经意中将对温暖饱腹的普遍物质追寻放到了第二位，而将在绝境中保持精神上的敏锐犀利变成了一种习惯与生命状态。

渐渐地，他的身体与心灵都习惯了饥饿的摧残鞭打与肆虐了。他不但习惯了它，还刻意选择它作为他的伴侣。当他有几个钱的时候，他会不假思索地把铜板扔给某个路人，或者立即把它们挥霍掉。也许他本能地需要这种一无所有，他需要它为他制造饥饿，因为只有身体上的饥饿，那种近乎癫狂的生理痛楚才会点燃他在路灯下狂写的原始生命力与创造力。也许只有身体上的饥饿，才能令他保持心灵上的好奇与饥渴。

最后他在饥饿的晕眩中，在低血糖的火热煎熬下，在一个钟头又一个钟头的游荡后，走到了一艘轮船前。他实在是太饿了，他实在太想在这艘船上做个苦力换口饭吃了。他问船长，您需要雇个打杂的吗？船长说，为什么不呢？于是，他的饥饿领着他穿越了大西洋，来到了几千公里外的美利坚。

饥饿肆虐着汉姆生的童年、少年与青年时光。但是饥饿没有吞噬他，没有淹没他。饥饿与苦难给予了他的生命与众不同的故事与力量，它们点燃了他生命中神性的光芒与狂热的创作火焰。饥饿造就了汉姆生，让这个北国农民的小孩为我们讲出了一个又一个关于活着与生存的光芒万丈的故事。

正是饥饿，养育了汉姆生，养育了这个世界上无数杰出光彩的艺术灵魂。

《晚餐桌》，马蒂斯绘画

被吞噬

的

盛宴与女人

莫泊桑

《羊脂球》法文版封面

她先拿出一只小小的彩釉陶做的盘子，一个精巧的银色杯子，然后是一个宽大的陶土容器。那容器里两只被切得整齐的整鸡躺在那里，鸡肉的外围裹着一层肉冻。她的篮子里还装着很多其他诱人的食物，肉酱，水果，零食。这些食物都是为这三天的旅行而准备的，这样她就不需要吃路途上旅店里的东西。一包包的食物中间放着四瓶酒。她拿起一只鸡翅膀，配着香脆的圆形诺曼底面包，斯文地吃了起来。

所有人的目光都投向了她。然后那股香气散发开来，把人们的鼻孔纷纷拉得宽大，让他们的嘴巴里蓄满了唾液，耳朵下的腮帮子咬得紧紧的。女士们对这女人的鄙视越发凶猛了，好像有种要弄死她的欲望，把她和她的酒杯、篮子、食物统统扔到马车下雪地里去。

——莫泊桑《羊脂球》

故事发生在1870年的冬季，法国北部的诺曼底地区。普法战争从这一年的7月开始。法军一系列的战败，巴黎被包围，挑起战争的拿破仑三世不得已退位。冬季开始的时候，普鲁士军队攻占了诺曼底，他们朝着诺曼底的首府——鲁昂迈进着。

故事的序幕在古城鲁昂被拉开。写故事的人叫莫泊桑——福楼拜珍爱的弟子。

在一种深沉的，叫人窒息的安静里，人们等待着普鲁士士兵的到来。等待侵略者的到来，那一定是一件格外漫长痛苦，折磨人神经的事情。人民恐惧他们的到来，可正因为恐惧，又迫切地想知道即将占领这片土地的人群，究竟是什么样子的。战败的法国士兵已经撤出了鲁昂，城市里空荡一片，偶然几个行人的倒影出现在墙壁上。

突然的，一群穿着及膝黑皮靴的普鲁士士兵，迈着整齐划一的脚步，出现在了城市里。人们躲在家里的窗户后面，惊恐地望着外面即将到来的灾难。曾经的秩序与安全都不再存在了。等待他们的将是侵略者的践踏，被侵略者的无条件服从与配合。这些脚步一致的普鲁士士兵会让他们安全地生活吗？他们会像传言中那样残忍血腥吗?

有些人在这个时候选择逃亡。出逃的人们有的因为恐惧，有的因为无法忍受家园祖国被另一个国家占领、统治，还有不少出于纯粹的利益考虑。

12月初的某天凌晨四点，下了一夜大雪的院子里，一驾马车停在那里。一群睡眼惺忪的男人女人颤抖着身体，一个接着一个爬上马车。

坐在马车最好的位置上的，是酒行老板鸟先生夫妇。鸟先生依靠贩卖劣质酒精给乡村小老板发财。他善于坑蒙拐骗，依靠旁门左道获取利益的名声，城里人尽皆知。鸟先生人不高大，肚皮滚圆，喜欢讲笑话，他的笑话常常恶俗又不好笑。鸟先生的太太呢，她严厉，专制，雷厉风行。

鸟先生夫妇的身边坐着一对身份比前者要高得多的夫妻——伽雷·拉马东夫妇。拉马东夫妇之所以身份高级，是因为拉马东先生的钱。作为纺织产业的大资产阶级，资产让他在社会上赢得了尊重。而拉马东先生却是最现实的。政治上他选择站在反对党的一边。那不是因为他真的爱国。他选择爱国人士这一边，只因为他们愿意为他的加入付更高的价钱。拉马东太太年轻好看，是城里出了名的不忠于丈夫的“娇艳玫瑰”。

拉马东夫妇的身边坐着的，是高贵的于贝尔·德·布莱维尔伯爵夫妇。伯爵来自诺曼底最古老高贵的贵族世家，据说英勇贤明的“亨利四世”大帝是他的祖先。为了彰显家族的荣耀，伯爵的衣着、姿势、表情，无时无刻不表现出一个真正绅士应该有的风度。伯爵夫人本不属于贵族家庭，但是她擅长扮演上流社会女主人的角色。

伯爵夫人的边上坐着两个虔诚的修女。修女们的边上有一男一女。

男人长着火红的大胡子。这个叫歌尔弩代的男人是当地著名的“共和人士”。在那个时代的法国和整个欧洲，“共和人士”总是叫人害怕的。他们关于“社会平等”“推翻一切旧秩序”的言论，和坐在对面的伯爵、大资产阶级，甚至富有的商人鸟先生的利益，截然相反。

男人边上的女人，是这马车上所有人的焦点。她的脸庞红润饱满得像是一个苹果。乌黑的眼睛下一张丰满潮湿的嘴唇，让人有上去亲一口的欲望。个子虽然娇小，身形却格外丰满。她是肥美的，全身上下都满溢着肉感，连手指头都膨胀得好像一节节香肠。胸脯在衣服底下汹涌突起。

所有人都认识这丰满得叫人视觉愉悦的女人。马车上的贵妇们轻轻地交头接耳，她们嘴里吐出的字眼是：“妓女”“公众的耻辱”。是的，这年轻的胖女人是个以出卖肉体为生的妓女。因为她肥美丰腴的外形，大家叫她“羊脂球”。当她听到身份尊贵的太太们用在她身上的字眼的时候，她一点都不畏惧地冷冷地看着她们。那眼神里写着一种大胆，以及不容践踏的自尊。

这群人用钱财买通了普鲁士军官们，获得了通行令，先坐马车从鲁昂前往港口城市迪耶普，到了迪耶普以后打算再坐船去勒阿弗尔。勒阿弗尔依然在法军的控制下，对做生意的鸟先生和资本家拉马东先生，留在法军庇护下的地区，必然会令他们的生意更畅通。至于大胡子歌尔弩代和羊脂球，他们为什么要离开鲁昂，没有人知道缘由。

一行人就这样在清晨的寒冷里，一路颠簸着向前行驶。鸟先生、拉马东和伯爵自然形成了一个“派系”；三个有家室的女人默契地组成了一个团体，以家境优越的太太们的身份名正言顺地鄙视羊脂球。两位修女呢，她们只是虔诚地一路祷告。

旅途漫长乏味。原本预计中午能抵达多特，吃上热乎乎的午饭。可因为地上的积雪马车走得那么慢，天黑前都不可能赶到城里。所有的人开始有了饥饿感。所有人的眼睛盯着路上的每一寸风景，希望能看到一家客栈旅店。所有人的胃，空洞得渐渐往下沉着。

一路上没有一家客栈，没有一个做生意的人。

歌尔弩代带了一瓶朗姆酒。他慷慨地递给三位男士，但是只有鸟先生接受了他的给予。高贵的拉马东和伯爵怎么可能接受一个“共和党人”的赠予？他们冷冷地不屑一顾地拒绝了。

羊脂球好几次弯下身体，伸手碰着她脚边的篮子，好像想要从里面拿什么东西，可每次又都放弃了。太太们身体里的饥饿感一点也不比男人们少，但是她们越发挺直了身板，装作若无其事。

饥饿渐渐地让人思绪混乱。

终于，羊脂球肥美光亮的像香肠一样的手，从脚边上拿起了她的篮子。她揭开盖在篮子上的布，车子上所有人的眼睛都停在了篮子上。

篮子里铺展着一场盛宴。外面颤动着肉冻的鲜美鸡肉，一整瓶夹着白色肥油的猪肉酱，一大块烟熏猪舌头，看起来入口即化的肥肝酱，甜脆爽口的酸黄瓜腌小洋葱，多汁饱满的水梨……

“她拿起一只鸡翅膀，配着香脆的圆形诺曼底面包，斯文地吃了起来。”

一车十个同行的游客，唯一带了食物的是贵妇人嘴里的“公众的耻辱”的羊脂球。她有些尴尬地当着所有人的面享用起了她的食物。因为面对众人的饥饿，自己独自饱食，这是件尴尬的事情。可是高高在上的伯爵，年轻的拉马东太太，他们站在那么高的位置，让她又怎么敢靠近呢？

鸟先生咽着口水同羊脂球搭讪着。他称赞她真是有先见之明，准备了那么多食物。羊脂球立即热情地问鸟先生，要不要也吃点鸡肉？鸟先生当然是欣然接受。

接着羊脂球谦卑温和地把食物递给那两个修女。然后是鸟太太，拉马东夫妇，歌尔弩代。最后是一脸尊贵、正襟危坐的伯爵夫妇。当伯爵先生接受胖姑娘递过来的食物的时候，他第一次称呼她为“女士”。

十张嘴巴不停地开启着，牙齿用力地咬动着，喉咙贪婪地吞咽着。在食欲面前，好像一切的阶级界限、等级制度，顿时都被打破消失了。大资产阶级也好，留着帝王血液的伯爵也好，谁不需要肉酱、面包、水果来填饱他们庞大的肚子？吃得嘴巴有点干涩的时候，再灌一点羊脂球带的葡萄酒。

因为吃了她的食物，这些一个小时前连看都不愿意看她一眼的贵族富人，不得不同她聊点什么。他们自然地谈起了战争。羊脂球大胆中带着些天真地告诉所有人，她因为无法忍受生活在侵略者的统治下，她对普鲁士士兵有难言的愤怒与仇恨，才选择出逃的。同行的旅伴们忍不住对她肃然起敬。他们没有想到这样一个身份不太光鲜的女人，居然有如此的爱国之心。

他们吃完了羊脂球篮子里的所有食物，喝完了她的酒。饥饿与食欲被抚平了，动物一般的焦躁感消失了。味蕾的满足好像让他们变得宽容平和了许多。与他们同行的这个出卖肉体为生的胖姑娘，似乎也不再显得低贱、令人讨厌。这十个人在剩下的路途上，居然相处得不那么坏。伯爵夫人和拉马东太太甚至同羊脂球还聊得挺融洽。

马车终于行驶到了多特的客栈。风尘仆仆的旅人们刚刚在客栈安顿好，羊脂球就被驻扎在客栈的普鲁士军官召见了。那年轻军官极高极瘦，金色的头发，唇上的胡子高高地翘起来。他是他们的马车抵达客栈时迎接他们的第一个人。

军官要见羊脂球的消息一传开来，所有人都紧张得很。他会问她些什么问题？在召见完她以后，下一个会是谁？如果是自己的话，该怎么回答？

羊脂球断然拒绝了与普鲁士士兵面对面讲话。她对祖国的热爱，对国家被敌人统治的难以接受，让她根本不愿意和这个普鲁士人站在同一间房间里。可她的反应立即让同行的旅伴们越发担心了。如果因为她的拒绝，这普鲁士人迁怒他们所有人呢？他们好不容易到了多特，万一这军官阻止他们前往目的地呢？

伯爵温和有礼地劝慰着羊脂球。“女士，您的拒绝不仅会带给您，也会带给我们大家巨大的麻烦。人永远不应该抵抗比自己强大得多的对象……”

大家附和着伯爵。他们请求她，给她压力，向她保证这会面绝对不会有任何的危险。羊脂球为了旅伴们的利益，勉强答应了。

她几乎是气急败坏地从普鲁士军官的房间里跑出

来的，面孔通红，喘着粗气。大家问她他们谈了些什么，她红着脸支支吾吾地说，这跟你们没有关系……

所有人于是若无其事地喝着葡萄酒吃着晚餐。大家心情愉快，因为明天他们就要离开简陋的小城前往目的地了。

第二天早上马车套好了，一行人准备出发，旅店主人跑来告诉他们，普鲁士士兵不允许他们离开。

原来金头发的普鲁士军官在与羊脂球的会面中要求她向他奉献她的身体。羊脂球断然拒绝。是的，她是个妓女，但是她也是有尊严的。她面对的不是一个普通的男人，而是正在侵略她祖国的敌人！

旅伴们听到这样的要求，一开始都是激愤的。无论是恶俗的鸟先生，文质彬彬的伯爵，还是大胡子共和党人。女士们更是为这样的提议感到羞耻。他们义愤填膺，表示对胖姑娘的支持。

然而很快地，所有人就开始担忧了。如果普鲁士军官真的把他们当作人质关押在这里，他们要花多少袋金子才能保命呢？这场战争已经让他们损失了好多财富，他们急着要赶去勒阿弗尔就是希望能多些赚钱的机会……

女人们也担心。如果普鲁士军官的愿望不被满足，她们也被当成他淫威的对象呢？她们跟羊脂球可不一样，她们是正经结了婚的女人。

女人们开始窃窃私语。既然这胖姑娘是个职业妓女，为什么她要拒绝普鲁士军官呢？哪个男人不一样呢？难道她还要挑挑拣拣吗？

男人们聚在一起，讨论着如何说服羊脂球，让她自愿献身于普鲁士人。

从头到尾没有说过几句话的老修女同羊脂球说："只要目的达到，用什么方法并不重要……"

流着帝王血液的伯爵，像一个父亲一样挽着羊脂球的手臂，循循善诱。他喊她"我亲爱的孩子"。他对她说："难道您宁愿留在这里面对普鲁士人的残暴，而不愿意做一件您早就习以为常的事吗？"他甚至带着点幽默地说："您要知道，这普鲁士人可以跟人吹牛了。因为在他的国家，能品尝到像您这样美丽的姑娘的机会太少了。"……

没有参加这场游说的，只有歌尔弩代。

像苹果一样鲜红明亮的羊脂球的脸，变得苍白黯淡。她一声不响地面对着恳求她、说服她、吹捧她的奉献将是多么伟大的这些人。她紧紧地咬着嘴唇，眼睛里，灵魂里，有的只有屈辱。

这天下午，羊脂球终于走进了普鲁士军官的房间。

第二天所有人坐上马车离开多特的时候，伯爵、拉马东夫人、鸟先生，所有人回到了最初时的模样。他们不看她，不同她讲一句话，吃着事先准备好的食物，好像她是不存在的。她坐在那里，屈辱仓皇地流着眼泪。歌尔努代悲愤地唱着《马赛曲》。

莫泊桑写了一个在战争背景下发生的故事。然而这个故事勾勒的，又绝不仅仅是战争。他更多地描绘了一个社会，社会里人群的真实面目。

这架马车上坐着的十个人，代表了当时法国社会的各个阶层。鸟先生夫妇代表小商人阶级，拉马东夫妇为大资产阶级的代言者，伯爵夫妇是站在众人之上的贵族，还有两个代表宗教力量的修女。他们八个人，从始至终只考虑自身的利益。他们一开始对羊脂球的鄙视，是他们所在的阶级本能自然的反应。在金钱上站在高处的资产阶级，与自认在道德上拥有绝对话语权的宗教力量，从来没有想过这样一个问题：究竟是什么迫使一个女人走上出卖肉体的道路？更何况这是一个内心骄傲的女人。他们对她的评判中的偏见与生俱来。然而当他们为了各自的利益，需要她的时候，他们又立即放下一切所谓的道德准则。为了吃她的鸡肉、面包、水果，他们愿意假惺惺地与她谈笑风生，称赞她的爱国热情。为了让所有人离开小酒店，修女拿出上帝的理论，伯爵充当智者甚至“慈父”的角色，把他们曾经最看不起的出卖肉体的行为，变得合情合理“合法化”。索取，压榨，牺牲羊脂球，从而获取更多的自身利益，好像是这八个人血液里的本能反应。

歌尔努代站在这个小集团的外面。他从来没有直接地参与对胖女人的利用与操纵。面对那八个人的行为，他甚至是有点愤怒的。但是，他也没有拒绝分享她的食物。他更没有阻拦她走向德国人的房间。他内心悲愤，可他和所有人一样，享受着羊脂球的“牺牲”带来的成果，再次坐上了马车。他的共和、平等、改革的言论都只是空洞的纸上谈兵。

羊脂球，她象征着人民。他们是苦难的，又常常是高贵的。他们是最贫穷的，又往往是最慷慨的。他们是给予最多的群体，又总是第一个被牺牲掉的群体。她毫不犹豫不计任何回报地，把食物拿出来与所有人分享。即使内心再抗拒，她仍然屈从了众人的要求，牺牲自己换取所有人离开的权利。但是她从来没有料到，她的牺牲非但没有换来同伴的尊重与感谢，等待她的只有背叛与丢弃。

她与她篮子里的食物一样，被站在她上面的阶级瓜分着，吞噬着。

他们吃完了她的食物，喝完了她的酒，吸干了她的血。

悲伤的《马赛曲》孤独地回响在飘着大雪的诺曼底天空下。

我思，我读，我在

Cogito, Lego, Sum